Meurtre au lycée Wallon

A mes élèves

I

Le concierge du lycée Wallon grimaça en portant à ses lèvres sa tasse de café.

- C'est trop chaud ! gémit-il.

Il n'aimait que les boissons tièdes.

- Attends quelques secondes, répondit sa femme qu'agaçait la manie de son mari, tu...

Il n'écouta pas la suite de sa phrase car son attention fut attirée par le bruit de deux détonations sourdes. Il posa sa tasse, intrigué, et marmonna :

- On dirait des coups de feu !

Elle haussa les épaules.

- Mais non ! C'est un pot d'échappement !
- Deux fois de suite ? Impossible !

Il sortit de sa loge et s'avança dans le hall. Par les vitres de la porte d'entrée, il aperçut le proviseur de son lycée, étendu sur le trottoir et baignant dans une mare de sang. Affolé, il se précipita à l'extérieur.

Le procureur Fabien Vaugas se trouvait dans son bureau lorsque son téléphone sonna.

- Vaugas à l'appareil.
- Mes respects monsieur le procureur, commissaire adjoint Lebeuf. Le proviseur du lycée Wallon a été assassiné, il y a une heure, devant son établissement. Il est mort sur le coup.
- Quand avez-vous été prévenu ?
- Immédiatement après le meurtre !
- Vous avez été fort long pour me contacter ! Le corps est toujours sur place, je suppose ?
- Bien sûr.
- J'arrive.

Le téléphone raccroché, il chercha précipitamment la feuille indiquant les permanences des juges d'instruction car il ne se rappelait plus qui était de garde ce week-end. Il lut avec soulagement le nom d'Hélène Richier sur le document. Si cela n'avait pas été le cas, il aurait, malgré tout, confié l'affaire à la jeune femme, mais au prix de pénibles contorsions, et aurait dû affronter la colère des collègues de Richier, mécontents d'être dessaisis de ce qui serait sans doute la plus grosse affaire de l'année. Il ne connaissait pas encore bien sa collaboratrice car elle venait d'arriver dans son service mais il la jugeait *à priori* plus malléable que ses confrères et espérait diriger l'enquête par personne interposée. Avant de composer le numéro de la jeune femme, il eut une pensée pour Charles Bonnefeu qu'il connaissait bien et qu'il appréciait, malgré son engagement politique aux côtés du maire de la ville, et lui dédia une courte prière. Il était catholique pratiquant et procédait à ce rituel chaque fois qu'il apprenait le décès de quelqu'un qu'il connaissait.

Hélène Richier était en train de se peser lorsque son téléphone sonna.
- Soixante-deux kilos et demi ! pesta-t-elle.
Elle était petite. Elle ne mesurait qu'un mètre cinquante-six.
«*Les antidépresseurs vont me faire éclater !*» maugréa-t-elle en allant dans son salon décrocher le combiné. Elle avait désespérément besoin de prendre ces médicaments. Elle avait essayé à plusieurs reprises de les arrêter mais elle avait été contrainte, à chaque fois, de recommencer le traitement, au bout de quelques jours de sevrage.
- Madame Richier ? Ici Vaugas. Charles Bonnefeu, le proviseur du lycée Wallon, vient d'être assassiné devant son établissement. Je vous confie l'affaire. Rejoignez-moi sur place. Le corps s'y trouve encore.
Hélène tiqua. Habituellement le procureur ne désignait pas si vite un juge d'instruction. Il conduisait lui-même les premières investigations.
- Où se trouve le lycée Wallon ?
Elle ne s'était installée à Valenciennes que depuis un mois et ne connaissait pas encore très bien la ville.
- Près de la gare, place de la République, une grande bâtisse rouge.
Elle jeta un coup d'œil à sa montre.
- J'y serai dans un quart d'heure !
Elle raccrocha et se précipita dans sa chambre pour s'habiller. Elle était encore en chemise de nuit. Indécise, elle ouvrit son placard. Depuis le début de sa dépression, elle avait beaucoup de mal à choisir ses vêtements. Elle prit un jean et un pull-over, un peu au hasard, et les enfila.
Avant de sortir, elle écrivit un mot pour son mari Gérard, parti faire un footing solitaire. « *On a commis un crime au lycée Wallon. Vaugas m'a désignée pour mener l'enquête. Rejoins-moi, là-bas.* »
Gérard était commissaire. Lorsqu'ils avaient pris la décision de quitter Paris, ils avaient choisi Valenciennes car c'était la seule ville où une place de juge d'instruction et un poste de commissaire se trouvaient simultanément

libres. En posant le papier bien en vue sur le sol de l'entrée, Hélène se dit qu'il était anormal qu'on n'ait pas encore prévenu son mari. Lebeuf, l'adjoint de Gérard, avait une nouvelle fois tiré la couverture à lui. Il avait commencé l'enquête sans en référer à son chef.

Au volant de sa vieille 205, elle se rendit sur le lieu du crime. Elle détestait la ville qu'elle trouvait laide. De longues rangées de maisons de briques noircies par les fumées des usines, des bâtiments publics hideux, des arbres souffreteux telle était pour elle Valenciennes : une cité frappée par la disgrâce, et qui suintait l'ennui et le désespoir. Mais cette vision désespérée et injuste était due à sa maladie.
En arrivant prés de la gare, elle vit une publicité pour des couches. Un bébé joufflu posait aux côtés d'une femme blonde et radieuse.

- Je n'y arriverai pas. Je ne serai jamais maman, se lamenta-t-elle intérieurement

Sa dépression avait commencé lorsque Gérard avait fait des allusions, de plus en plus précises.

- Quand fait-on un bébé ? avait-il fini par demander.

Elle avait alors craqué.

Elle gara sa voiture sur une petite place en face du lycée au pied d'une statue de bronze. Elle aperçut son supérieur qui se tenait avec quelques autres personnes sur les marches de l'entrée.
En la voyant arriver, Vaugas bénit une nouvelle fois le sort qui l'avait placée de permanence pour le week-end.

- Bonjour madame Richier, lui lança-t-il sur un ton aimable, on n'attendait plus que vous pour emmener le corps.

Elle salua de la tête les personnes présentes. Le procureur lui présenta le seul qu'elle ne connaissait pas, un homme grand et moustachu qui se tenait en retrait, en haut des marches :

- C'est le concierge qui a découvert le corps.

Elle se pencha vers le cadavre.

- De quoi est-il mort ? demanda-t-elle.
- Deux balles, l'une dans la région du cœur, l'autre en pleine tête, la renseigna Lebeuf.
- Pourquoi, Lebeuf, dit-elle sur un ton rogue, n'avez-vous pas prévenu immédiatement mon mari ? Le commissaire doit être présent lorsqu'un crime de cet ordre se produit afin de procéder lui-même aux premières constatations !

Le policier pâlit et bégaya :

- J'allais l'appeler dés qu'on passerait aux choses sérieuses ! Mais j'étais de permanence et je ne voulais pas ennuyer votre époux pendant ses moments de liberté pour des formalités que je pouvais effectuer à sa place.

Mécontente, Hélène se tourna vers le médecin légiste.

- Avez-vous une idée de l'arme employée ?
- Probablement un revolver.
- Vous pouvez emmener le corps si vous le souhaitez.
- Je procède à l'autopsie, ce matin. Vous aurez mon rapport ce soir.
- Les coups sont précis. Nous avons affaire à un professionnel, asséna Vaugas.

Hélène lui jeta un regard peu amène mais ne répondit rien. Elle s'approcha du concierge.

- Bonjour monsieur, je suis la juge Richier, en charge de l'affaire. Pouvez-vous me raconter ce qui s'est passé ?
- J'ai entendu des coups de feu. Je suis allé voir. Il était étendu là.

Il désignait de la main le corps.

- J'ai tout de suite appelé les secours.
- Combien de coups de feu ?
- Deux.
- Quels sont les autres bruits que vous avez perçus au moment du meurtre ? Des éclats de voix ? Une voiture ou une moto qui démarrait ?
- De ma loge, on n'entend pas grand chose venant de l'extérieur. Heureusement d'ailleurs.
- Quand vous avez rejoint le corps, avez-vous remarqué quelque chose de particulier ? Quelqu'un qui s'enfuyait par exemple.
- Non.
- Réfléchissez bien ! En repassant la scène dans sa tête, on se rappelle parfois des détails auxquels on n'avait pas fait attention sur le coup.

Le concierge se concentra.

- Non, désolé, je ne me souviens de rien. J'étais tellement bouleversé ajouta-t-il comme pour s'excuser.

Hélène lui sourit gentiment pour montrer qu'elle comprenait.

- Votre proviseur avait-il l'habitude de sortir à cette heure-là ?
- Oui, pour acheter des croissants pour sa femme.

- Je vous remercie. Vous serez convoqué au commissariat pour être interrogé plus longuement et signer une déposition. Vous pouvez rentrer chez vous.

Le concierge hésita, salua d'un signe de la tête et s'éloigna.

- C'est une exécution préméditée, affirma Vaugas, un guet-apens. Je verrais bien un tueur à gages.
- C'est à voir.

Elle était agacée par le ton péremptoire de son supérieur. Elle aperçut alors la voiture de son mari qui arrivait et elle quitta brusquement le procureur pour aller au devant de son époux.

- Tu as fait vite.
- J'ai dû revenir juste après ton départ. Alors tes premières impressions.
- Aucune.
- Tu me confies l'enquête ?
- Oui, répondit-elle après un temps d'hésitation, mais tu sais, c'est une grosse affaire. Je serais peut être obligée de te dessaisir au profit de la P.J de Lille. Ce n'est pas une bagarre entre alcooliques comme la semaine dernière.
- D'accord ! On verra bien !
- J'ai engueulé Lebeuf. Il ne t'a pas prévenu.

Gérard se mordit les lèvres. C'était à lui de le rabrouer et surtout pas à elle mais il ne lui dit rien. Lorsqu'elle rejoignit le procureur, elle lui demanda :

- Sa veuve habite ici ?
- Oui. Je pense qu'elle doit être chez elle.
- Je vais lui présenter mes condoléances, si jamais elle est en état de me recevoir. Tu viens avec moi Gérard ?

Richier aurait préféré examiner le corps mais il suivit sa femme. Ils pénétrèrent dans le hall de l'établissement. Le sol était pavé de vilains carreaux noirs et blancs et les murs étaient recouverts d'une triste peinture grise. Le concierge sortit de sa loge pour venir vers eux.

- Mon mari, le commissaire Richier, présenta Hélène. Je désirerais voir madame Bonnefeu. Pensez-vous qu'elle soit en état de nous recevoir ?
- Je ne sais pas. Je vous conduis chez elle. Ma femme lui tient compagnie en attendant l'arrivée de son fils.

Il les mena jusqu'à un escalier.

- Son fils habite loin ?
- A Paris.
- Ont-ils d'autres enfants ?

- Non.

Il se tourna vers eux et leur confia d'un air ennuyé.

- Madame Bonnefeu ne voulait pas que ma femme reste mais elle est malade, un cancer au stade terminal. Normalement elle ne devrait pas être ici mais à l'hôpital. Elle est têtue et son mari la soutenait dans son refus. On ne pouvait pas la laisser seule.

Il sonna à une porte vernie. Une femme âgée d'une cinquantaine d'années et affligée d'une forte corpulence leur ouvrit.

- Madame est juge et son mari policier, les présenta le concierge. Crois-tu que madame Bonnefeu peut les recevoir ?

La concierge eut un geste de dénégation.

- Oh ! Je ne le pense pas.
- Laissez-les entrer, lança une voix depuis l'appartement, vous n'avez pas à filtrer mes visites.

La concierge s'effaça et ils pénétrèrent dans un couloir tapissé d'un papier vert et fleuri. Au fond de la pièce, une femme maigre au teint jaune se tenait appuyée contre un mur. Hélène présenta ses condoléances mais madame Bonnefeu se redressa et répliqua, cinglante.

- Je suppose que c'est l'usage que vous me débitiez ces banalités, mais ce rituel me laisse froide. Vous ne m'apporterez du réconfort que si vous trouvez rapidement l'assassin. Je veux savoir avant de mourir qui a abattu mon mari.

Son ton était véhément et surprenait car il venait de la part d'une femme visiblement affaiblie par la maladie.

- Nous ferons notre possible, je vous le promets. Avez-vous des soupçons ? Connaissez-vous des personnes qui en voulaient à votre mari ?

Elle eut une sorte de rictus.

- Il y a bien une dizaine de personnes qui étaient brouillées avec lui mais beaucoup moins au point de vouloir le tuer.
- Votre époux a-t-il reçu des menaces ? intervint Gérard.

Elle s'appuya à nouveau sur le mur.

- Oui ! Un professeur que mon mari a exclu du lycée et qui a perdu l'esprit, l'a menacé de mort, il y a quelques mois. Il s'appelle Bonchard. Je ne connais pas son prénom.

Gérard nota le renseignement sur un carnet et déclara.

- Nous vérifierons son emploi du temps. Voyez-vous un autre suspect possible ?
- Non, pas pour l'instant.

Elle devient subitement livide.

- Je vous remercie madame, balbutia Hélène qui craignait qu'elle eut un malaise, nous vous interrogerons plus tard lorsque vous serez remise du choc.

Ils saluèrent et quittèrent l'appartement. Lorsqu'ils sortirent du lycée, Gérard héla Lebeuf qui attendait sur les marches.

- Nous avons un premier suspect, Bonchard, un prof de l'établissement. Trouvez son adresse et amenez-le au commissariat. Dés votre retour au poste, prévenez-moi. J'irai l'interroger. Et que Lepointe et Vérolle commencent l'enquête de voisinage.

Hélène s'aperçut soudain que France 3 interviewait Vaugas. Elle s'approcha pour entendre ce qu'il disait. Le procureur répondait aux questions d'une journaliste qu'accompagnait un cameraman. Vaugas martelait ses mots.

- Nous n'écarterons aucune hypothèse. Toutes les pistes seront suivies. Aucune ne sera négligée.
- Pensez-vous que ce meurtre a un rapport avec la flambée de violence dans les lycées qu'on constate en ce moment dans le pays ? demanda la journaliste.
- A *priori* non. On a plutôt l'impression d'avoir affaire à un professionnel.

Hélène sursauta : le procureur sortait de son rôle. Il n'avait pas à faire de telles affirmations devant la presse alors que l'enquête débutait.

- Pensez-vous à un tueur à gages ? avança son interlocutrice.
- C'est une hypothèse que nous envisageons.
- Avez-vous une idée des commanditaires du crime ?
- J'espère que nous les trouverons rapidement. En tout cas, personne, si haut placé qu'il soit, ne nous arrêtera dans la recherche de la vérité.

Il couvrit le micro de la main pour signifier qu'après ces paroles sibyllines, l'interview était terminée. La journaliste le salua et s'éloigna, visiblement satisfaite de l'entretien. Hélène attendit que le vide se soit fait autour de Vaugas pour remarquer sur un ton acide :

- Vous vous êtes un peu avancé, monsieur le procureur, en laissant entendre aux médias que Bonnefeu a été victime d'un tueur à gages. Rien ne nous permet, pour l'instant, d'étayer cette hypothèse.

Surpris, Vaugas regarda sa collaboratrice. Jamais, il n'aurait imaginé qu'elle oserait le morigéner ainsi.

- Nous avons un premier suspect, poursuivit vivement Hélène, un professeur qui a menacé de mort Bonnefeu, Bonchard

Vaugas se mordit les lèvres. Curieusement, il avait oublié cette affaire.

- Je m'en souviens ! admit-il d'une voix sourde. Il y a plusieurs mois. Bonnefeu m'a rapporté les propos délirants de cet olibrius qui parlait de débarrasser le monde d'une immonde crapule, le proviseur du lycée Wallon, je cite les termes employés. Je l'ai fait placer en garde à vue. Pendant qu'il était retenu au commissariat, je lui ai téléphoné et lui ai demandé s'il avait effectivement prononcé les paroles qu'on lui prêtait. Il m'a répondu que oui et que si je continuais, je serais le prochain sur la liste. Voyant que j'avais affaire à un fou, je n'ai pas jugé utile d'entamer des poursuites.

Vaugas se raidit intérieurement. Non ce n'était pas Bonchard l'assassin ! Il le sentait.

- Les personnes qui profèrent des menaces de mort sont légion, remarqua-t-il. Rares sont celles qui vont plus loin !
- Je sais. Mais nous devons vérifier l'emploi du temps de ce Bonchard.

Vaugas ne fit aucun commentaire mais n'en pensait pas moins. Les coups de feu étaient trop précis. C'était un professionnel qui avait tiré. Pas un dingue qui voulait se venger ! Hélène retourna vers son mari qui contemplait les traces de craie sur le sol qui symbolisaient l'emplacement du corps.

- Tu as bien mouché Vaugas, remarqua-t-il.

Il n'ajouta pas qu'elle aurait dû s'abstenir de le faire car elle ne l'aurait pas supporté le reproche.

Une voiture se gara devant le lycée dans un grand crissement de freins et Dominique Beaulieu, le maire de Valenciennes en surgit. C'était un homme de petite taille aux cheveux frisés et à la cravate en désordre. Encore sous le coup de la remarque d'Hélène, Vaugas interpella le nouvel arrivé.

- Bonjour monsieur le maire, je viens justement de déclarer à la presse que nous ne laisserons aucune zone d'ombre dans cette affaire et que nous débusquerons les responsables si haut placés qu'ils soient.

La journaliste de France 3 pivota sur ses talons et regarda Beaulieu qui pâlissait devant l'allusion.

- Je ne peux que vous encourager dans cette voie, monsieur le procureur.
- Votre voiture est mal garée, monsieur.
- Je suis juste venu apporter mon soutien à Martine Bonnefeu. Je n'en ai que pour quelques minutes !
- Soit, mais votre véhicule gêne la circulation !

Beaulieu, furieux, lui tourna le dos et remonta dans son automobile. Il lui fit faire un quart de tour brutal et traversa le terre plein qui séparait les deux parties de la chaussée pour aller se garer sur le parking où Hélène avait laissé sa voiture. C'était une provocation à l'égard de Vaugas. S'il s'en était tenu au code de la route, Beaulieu aurait dû utiliser le rond point situé un peu plus loin. Mais le procureur ne lui dit rien lorsqu'il revint vers le lycée et le maire s'engouffra dans le lycée, presque en courant.

- Vaugas est déchaîné, murmura Gérard. Il persiste et signe.

Hélène approuva de la tête et chuchota :

- Je rentre, Gérard. J'ai vu ce que j'avais à voir. Je suis fatiguée. Je passerai au bureau en fin de matinée pour signer la paperasse.

Elle était toujours fatiguée : une asthénie qui la prenait dés son réveil et ne la lâchait que dans la soirée. Il n'y avait que dans l'exercice de son métier qu'elle l'oubliait un peu. Gérard l'embrassa sur les lèvres

- Repose-toi bien, chérie.

Il la regarda quelques instants pendant qu'elle s'éloignait.

Quand Beaulieu réapparut, la journaliste se précipita vers lui.

- Monsieur le maire, avez-vous une idée de l'identité des assassins de monsieur Bonnefeu ?
- Non. Je laisse à la justice et la police le soin de faire leur travail.
- Vous étiez lié au défunt ?
- En effet. C'était un homme remarquable. À ma grande joie, il avait accepté de se présenter sous mes couleurs aux prochaines élections cantonales.

Il se lança dans un vibrant panégyrique de Bonnefeu, avant de s'excuser.

- Je dois partir. J'ai un rendez-vous important avec un représentant d'un conglomérat japonais qui va peut-être s'implanter à Valenciennes et apporter plusieurs milliers d'emplois. Une vraie chance pour notre ville !

Malgré les circonstances, il ne pouvait s'empêcher de faire sa propagande. Il salua, traversa la rue et remonta dans sa voiture. Il démarra aussitôt. Mais dès qu'il eut tourné au coin de la rue. Il se rangea sur le bas côté et sortit son portable.

- Allô ! Ici Dominique. J'ai besoin de ton aide.

Deux coups de sonnette indiquèrent à Philippe Villard que son patron Jean Hylain était là. Il venait de lui téléphoner qu'il arrivait. Villard se dépêcha d'ouvrir, connaissant le caractère impatient de son employeur. Hylain s'engouffra dans l'appartement.

- Prépare tes valises ! Tu pars immédiatement pour Valenciennes.

- Qu'est ce qui se passe ?
- Beaulieu a une sale affaire sur le dos : un de ses candidats aux cantonales s'est fait descendre. Et le procureur a fait des déclarations ambivalentes devant les caméras. Si nous ne faisons rien, tout notre travail risque d'être fichu en l'air.

Hylain était le directeur du magazine *Prélude* dont l'actionnaire principal était Beaulieu. Il était aussi chargé de faire la promotion dans la presse de son mentor. Villard ne put s'empêcher de demander, faussement naïf.

- Beaulieu a quelque chose à se reprocher ?

Son chef le fusilla du regard.

- Bien sûr que non ! Bon Dieu ! Tu le connais quand même ! Il est à cents lieues de tout cela ! Mais dans ce genre d'affaire, il ne faut prendre aucun risque surtout que ce connard de procureur fait une fixation maladive sur Dominique. Rappelle-toi le nombre de personnalités politiques dont la carrière a été brisée par les rumeurs et les on-dit. Il vaut mieux que tu déplaces pour rien plutôt que d'accourir une fois l'incendie allumé. Il reste toujours quelque chose de la calomnie qu'on déverse sur vous.

Hylain prit son portefeuille et en sortit une liasse de billets.

- Voilà pour tes frais. Tu as carte blanche pour tes articles. Je te fais confiance ! Je te rappelle cependant les consignes : prudence, discrétion et vérité. Il ne faut jamais déroger à cette ligne de conduite. Tout ce que tu avanceras doit être vrai mais débrouille-toi pour que Dominique reste en dehors de ce marécage.

Villard empocha l'argent. Son patron ne lui avait même pas demandé s'il avait des projets pour le week-end.

- Je déjeune en vitesse et je pars.

La fille avec qui Villard devait sortir le soir se fâcherait sans doute car il allait décommander au dernier moment leur rendez-vous mais cela n'avait pas d'importance. Il ne tenait pas vraiment à elle.

- Avec de la chance, remarqua Hylain, cette affaire se dégonflera très vite, mais si l'enquête piétine, les rumeurs vont enfler. On compte sur toi pour les orienter et pour qu'elles épargnent Dominique.
- Tu te répète ! Ne t'inquiète pas ! Je ferais le maximum.

II

Après le départ de sa femme, Gérard entra dans le lycée Wallon et entreprit de bavarder avec ceux qu'il rencontrait. Il savait par expérience qu'on trouve toujours une personne ne demandant qu'à renseigner un étranger sur son entourage. Pourtant il crut un long moment qu'il allait faire mentir cette maxime car les enseignants qu'il interrogea successivement lui répondirent d'une manière convenue et méfiante. Mais Gérard finit par dénicher un professeur, petit et chauve, qui se montra bavard. Il parla d'abord longuement de Bonnefeu et de son caractère. Il expliqua que le proviseur était chaleureux et avait de bons rapports avec tout le monde.

- Bonnefeu n'avait donc aucun ennemi ? demanda Gérard.

Les yeux du professeur brillaient derrière ses lunettes. Visiblement, il était ravi de donner son avis au policier.

- Bien entendu, on trouve toujours des mécontents dans une communauté mais personne ne lui en voulait vraiment si on excepte Bonchard. Et pourtant le proviseur a été très compréhensif avec lui !
- Bonchard ? Le professeur qui est devenu fou ?
- Oui. Bonnefeu l'a supporté jusqu'au bout. Il ne l'a exclu que lorsqu'il n'était plus possible de faire autrement. Il a eu le courage d'agir alors que le rectorat et les inspecteurs s'étaient dérobés. Bonnefeu a fait violence à un texte de loi et l'a interprété à son avantage.
- Qu'a fait Bonchard de si grave ? demanda intrigué Gérard.

Il connaissait les règlements de l'éducation nationale qui protégeaient les professeurs parfois au-delà du raisonnable.

- Il a toujours fait preuve d'un caractère difficile et agressif. Au début, on s'est tous montré gentil avec lui et on a supporté ses foucades sans broncher. Il avait en charge une classe terminale scientifique. La première année, ses élèves ont eu des résultats corrects au bac, mais la deuxième année a été désastreuse pour ses étudiants car ils ont eu à l'examen une partie du programme qu'il avait refusé de traiter parce que selon lui elle n'avait aucun intérêt. Il a été mortifié par cet échec. A la rentrée, il n'a plus assuré un seul cours en entier. Il quittait la salle au bout de dix minutes en disant que ses élèves faisaient trop de bruit alors que, paraît-il, on n'entendait pas une mouche voler. Bonnefeu a d'abord demandé à Bonchard de se reprendre puis lui a interdit d'entrer dans le lycée et a nommé, de son propre chef, une remplaçante.

- Monsieur Bonnefeu a exclu Bonchard du lycée parce qu'il n'assurait plus ses cours ? J'ignorai qu'un proviseur possédait un tel pouvoir !
- Bonnefeu a fait violence à un texte. Il a considéré que Bonchard était dangereux pour ses élèves !
- Et ce dernier a réagi par des menaces de mort ?
- Pas à cette occasion mais un peu plus tard lorsque le rectorat a commis une bévue. Il a nommé Bonchard dans une brigade mobile, car aucun fonctionnaire ne peut rester sans affectation. On lui a écrit de rejoindre son poste sans lui préciser clairement quel était ce dernier. Il a cru que ses ennuis étaient terminés et a voulu reprendre ses élèves. Le proviseur s'est interposé. La discussion s'est envenimée et ils se sont battus. Le soir, Bonchard m'a téléphoné Il m'a dit, je le cite : « *Il y a une immense crapule sur terre, le ci-devant proviseur du lycée Wallon et je vais le descendre.* » J'ai prévenu Bonnefeu dés le lendemain. Bonchard a été convoqué au commissariat et l'affaire en restée là.
- Pensez-vous qu'il ait pu commettre le crime ?
- Je ne saurai pas vous dire ! Il est sans doute mentalement dérangé mais de là à abattre Bonnefeu ! Vous savez que les délégués syndicaux qui devaient débattre du sort de Bonchard, ont trouvé un os dans son dossier au rectorat ?
- Un os ?
- Après son exclusion, Bonchard a envoyé à une de ses anciennes élèves une photo de chien avec écrit au dos «*comment va Médor ?* », parce qu'elle portait souvent un tee-shirt avec l'inscription «*Médor est de sortie* ». La fille a confié la carte postale au proviseur qui l'a transmise au rectorat. Bonchard, lorsqu'il a pris connaissance de son dossier, a trouvé la photo. Il est revenu avec un os et a exigé qu'il soit ajouté au reste des pièces en donnant comme argument : « *Puisqu'il y a un chien, il doit y avoir un os* ».
- C'est de la folie ou de l'humour ?
- Les deux sans doute ! Son humour est aussi une forme de défense. En traitant les choses par la dérision, il les rend plus supportables. Bonchard est dans une situation désespérée. Il est seul contre le monde entier. Personne ne peut l'aider. Il a fini par insulter et menacer tous ceux qui ont essayé de lui porter secours. S'il est fou, il a des excuses. J'ai cru comprendre, d'après une allusion qu'il a faite, qu'il a vu ses parents périr brûlés vifs lors d'un accident de la route.

- Bonchard est marié ?
- Non. Aucune femme ne voudrait de lui ! Il est incapable de nouer la moindre relation. L'année dernière, il s'est intéressé à une jeune stagiaire de français. Elle a eu le malheur d'accepter de boire un café avec lui et a eu un mal fou à se dépêtrer de lui.
- Vous semblez bien le connaître.
- J'étais celui qui était le plus proche de lui au lycée. Lorsqu'il est arrivé chez nous, j'ai essayé de l'intégrer dans notre groupe de professeurs. Nous l'avons invité aux repas que nous organisions entre collègues. Je crois qu'il appréciait nos efforts. En dehors de nous et de sa famille qu'il fréquentait épisodiquement, il ne voyait personne. Quand il a commencé à déraper, nous l'avons laissé tomber parce que nous ne pouvions rien faire pour lui. Il mordait toutes les mains qu'on lui tendait.
- Que pensez-vous de l'engagement politique de monsieur Bonnefeu ?
- Il préparait sa retraite. Il allait quitter ses fonctions l'année prochaine et il cherchait une activité qui l'occupe à plein temps quand il ne serait plus proviseur. Lorsque le maire de Valenciennes lui a demandé de se porter candidat, il a sauté sur l'occasion. Mais il commençait à déchanter.
- Il vous a fait des confidences à ce sujet ?
- Nous en avons parlé à plusieurs reprises. Il avait découvert des choses qui ne lui plaisait pas. Je crois qu'il n'était pas fait pour la politique.
- Quelles étaient ces choses déplaisantes ?
- Il ne me l'a pas dit. Il a juste fait des allusions. Il a même sous-entendu que finalement, il ne présenterait pas.
- Madame Bonnefeu est très malade.
- Elle a un cancer du pancréas. Elle en est au stade terminal.
- Cela affectait beaucoup monsieur Bonnefeu, je suppose.
- Bien sûr ! Mais il n'en parlait pas. Il n'aimait pas aborder les sujets personnels. Il était pudique.

La façon gênée avec laquelle l'enseignant avait répondu, intrigua le commissaire qui revint à la charge.

- Bonnefeu s'entendait bien avec sa femme ?

L'interlocuteur du policier marqua un temps d'hésitation avant d'admettre :

- Leurs disputes étaient fréquentes et souvent publiques. Malgré sa maladie, ils se querellaient encore. Je n'ai pas à juger qui est responsable de quoi, mais il me semble que c'est une mégère et qu'il a eu beaucoup de mérite à la supporter.

- Sa mort prochaine était donc une délivrance pour lui ?
- Attendez ! Je n'ai pas voulu dire cela, répliqua offusqué l'enseignant.

Le téléphone portatif de Gérard sonna à ce moment là. Le commissaire s'éloigna pour prendre la conversation. C'était Lebeuf.

- Patron, nous avons un problème avec Bonchard. Nous nous sommes rendus chez lui. Comme il n'était pas là, nous avons attendu qu'il revienne. Mais lorsqu'il est arrivé, il a réussi à s'enfermer chez lui et refuse de nous ouvrir et de nous suivre.
- Pourquoi lui avez-vous permis de rentrer chez lui !
- On discutait posément et il a bondi brusquement. Que faisons-nous ? Il nous faut un mandat de votre femme pour enfoncer la porte.
- Donnez-moi l'adresse et le prénom de Bonchard, soupira Gérard.

Les renseignements notés, il raccrocha et composa le numéro de son appartement. Hélène ne décrocha qu'à la huitième sonnerie.

- Oui, dit-elle d'une voix ensommeillée.
- C'est moi. J'ai besoin que tu me signes des papiers, une commission rogatoire et un mandat d'amener et de perquisition contre Bonchard.
- D'accord je vais à mon bureau, dit-elle d'une voix faible. Envoie un sms avec les coordonnées du suspect.

La conversation terminée, Gérard regarda sa montre. Elle mettrait un certain temps avant de gagner le palais de justice et de préparer les documents. Il décida de passer chez Bonchard mais avant de s'en aller, il retourna prendre congé de son informateur et lui demanda ses coordonnées car le professeur pouvait peut-être lui fournir d'autres renseignements.

Vaugas était en train de travailler dans son bureau quand son téléphone sonna. L'appel provenait d'une vague connaissance, une dame qu'il côtoyait dans un club de ping-pong. La femme était gênée et Vaugas devina d'entrée qu'elle allait lui demander une faveur.

- Mon neveu a été contrôlé par les gendarmes alors qu'il allait à la chasse, finit-elle par expliquer. C'est un passionné des armes à feu. Son fusil n'était pas conforme. Il a été mis en examen pour possession d'arme de guerre.

Il y eut un silence, puis elle reprit :

- Je me demandais si vous ne pouviez pas intervenir. Mon neveu risque six mois de prison ferme alors qu'avec une qualification des faits moins sévère il n'encourrait qu'une amende. Ce n'est qu'un gamin, un gentil garçon qui ne pensait pas à mal.

- Il aura ses six mois de prison s'il les mérite madame, répondit Vaugas, avant de raccrocher sans saluer.

Il recevait en moyenne un appel de ce genre par semaine mais ces interventions le mettaient invariablement en colère. Les notables valenciennois n'arrivaient pas à comprendre qu'avec lui aucun passe droit n'était possible. Il savait que ses confrères et ses prédécesseurs étaient plus conciliants. Il était si facile, comme le suggérait la dame, de disqualifier des faits et de permettre à un fils de bonne famille d'échapper à une sanction trop contraignante. Lui était révolté par ces arrangements pourtant banaux et anodins. A ses yeux, la loi était égale pour tous et le fait de connaître un procureur ne devait en aucun cas profiter à un délinquant C'était la posture qu'il prenait et il se gargarisait intérieurement avec elle. Elle lui permettait de se sentir supérieur à ses collègues. Il était Fabien Vaugas, l'un des plus incorruptibles parmi les procureurs de l'Hexagone et cette pensée le ravissait.

Bonchard habitait une tour située prés d'un carrefour. Même dans l'escalier on entendait la rumeur venue de la route. Un bruit incessant, qui s'amplifiait au passage des camions et qui aurait rendu Gérard fou, s'il avait été contraint de vivre dans cet immeuble. Lebeuf accueillit son supérieur avec une mine déconfite.

- Il a bondi. On a été surpris se justifia-t-il. On discutait. Rien ne laissait présager sa réaction.
- Monsieur Bonchard, dit Gérard d'une voix forte, je suis le commissaire Richier, puis-je entrer ? Je désire juste parler avec vous.
- Je ne veux pas qu'on m'emmène au commissariat. J'y suis déjà allé une fois.
- Nous pourrons peut-être éviter d'aller au poste de police si je discute à l'intérieur avec vous.
- Vous me tendez un piège. Dés que j'ouvrirai la porte, vous sauterez sur moi.
- Non ! Nous n'avons pas encore de mandat. Je ne peux entrez chez vous que si vous m'invitez. Mais si vous ne vous montrez pas coopératif, nous demanderons au juge de nous autoriser à enfoncer votre porte. A vous de voir ce que vous préférez.

Comme Bonchard ne répondait rien, Gérard reprit.

- Nous n'allons pas continuer à discuter sur le palier. Ce n'est pas discret ! Vos voisins entendent tout ce que nous nous disons.

Ils entendirent un bruit de verrou et la porte s'entrouvrit.

- Attendez-moi ici, grommela Gérard.

Il se glissa dans l'entrebâillement de la porte que Bonchard referma aussitôt. C'était un homme assez grand mais voûté. Il était vêtu d'un pantalon noir taché et d'un polo d'un rouge vif.

- Venez dans le salon, jeta-t-il.

La pièce principale était en désordre. Des livres jonchaient le sol au milieu d'emballages de paquets de chips. Bonchard dégagea sommairement un canapé jaune défoncé et invita d'un grognement Richier à s'y asseoir.

- Monsieur Bonnefeu est mort, assassiné.
- Je sais. Vos collègues me l'ont appris. Et vous voulez me coller le meurtre sur le dos !
- Nous ne faisons que nous renseigner ! Vous l'avez menacé de mort ! Il est normal que nous vous demandions votre emploi du temps de ce matin.
- Je suis resté ici. Je suis sorti acheté du pain mais suis rentré immédiatement.
- Vers quelle heure ?

Un tic nerveux déforma quelques instants le visage de Bonchard.

- Je ne sais pas. Je n'ai pas fait attention.
- A quelle heure, vous êtes-vous levé ?
- Vers cinq heures, je ne dors pas bien.
- Qu'avez-vous fait ensuite ?

Gérard s'efforçait d'être le plus sec possible pour déstabiliser Bonchard.

- J'ai lu. J'ai ensuite joué sur mon ordinateur et je suis sorti acheter mon pain. J'ai à nouveau joué et je suis parti vers dix heures pour la piscine.
- A quelle boulangerie, êtes-vous allé ?

Le tic nerveux refit son apparition.

- J'en assez de vos questions !

Gérard se fit plus conciliant.

- Je mène une enquête. Je vérifie toutes les pistes et tous les détails qui s'y rapportent. Vous pouvez très vite être mis hors de cause. Le boulanger se souviendra sûrement de l'heure de votre visite. Et vos voisins pourront sans doute témoigner que vous n'avez été absent que quelques minutes. Collaborez et vous serez débarrassé de moi si vous êtes innocent.

- Non ! Je ne serais jamais débarrassé de vous. Vous allez me poser des questions encore et toujours.
- Si vous ne me répondez pas, je serais contraint de vous emmener de force au commissariat. Mais je ne souhaite pas en arriver à une telle extrémité.

Bonchard s'assit sur un fauteuil et se recroquevilla.

- Je suis allé dans la boulangerie qui se trouve en face de mon immeuble.

Il respirait très fort.

- Vous vous servez toujours au même endroit.
- Oui.
- Ils doivent donc vous connaître.
- Oui !

Il regardait le commissaire d'un air traqué.

- Avez-vous parlé à quelqu'un pendant votre sortie ? Ou salué ou croisé une personne de votre connaissance.

Un pli amer déformait sa bouche.

- Je ne parle jamais à personne. Je suis parfois des jours sans discuter avec quelqu'un si on excepte les commerçants.
- Vous aimez jouer sur votre ordinateur ?
- En dehors de la lecture, c'est ma seule occupation. Je ne travaille plus depuis un an. Je suis en arrêt maladie On voulait m'exiler dans un lycée de la région parisienne. J'ai refusé.
- Avez-vous un revolver ? Avez vous été membre d'un club de tir.

Bonchard sursauta et se mit à pétrir nerveusement son polo entre ses mains :

- Je n'ai jamais touché une arme à feu de ma vie !
- Accepteriez-vous de me suivre au commissariat pour signer une déposition et attendre qu'on procède aux vérifications d'usage.
- Non !
- Je vais être contraint d'utiliser un mandat d'amener contre vous.
- Vous n'avez aucune parole. Je vous ai laissé entrer car vous m'avez dit qu'il ne serait pas nécessaire de m'emmener au poste. Vous m'avez menti !
- Je ne vous ai rien promis !
- Je vais appeler mon avocat. Celui qui s'occupe du procès que je faisais à Bonnefeu. En aucun cas je ne vous suivrais. Jamais vous m'entendez. Jamais ! Et maintenant sortez !

Gérard pesta intérieurement car sa femme, au lieu d'aller régler la paperasse, était rentrée chez elle. Elle n'avait pas encore signé les commissions rogatoires nécessaires et elle le plaçait dans une situation délicate. Gérard était un homme prudent. Contrairement à certains de ses collègues, il faisait attention de suivre strictement les règles de procédure. Au début de sa carrière, il avait vu une de ses enquêtes annulée pour vice de forme et s'était juré de ne plus jamais être pris en défaut. Il se leva.

- Je sors mais je vais bientôt revenir avec un mandat. A tout de suite monsieur Bonchard.
- Votre torchon de papier ne changera rien. Je ne vous ouvrirai pas même si vous tambourinez toute la journée sur ma porte !
- Je ferai appel à un serrurier alors !

Sur le palier Gérard mécontent de la tournure prise par les événements, chuchota à son adjoint.

- Surveillez-le. S'il cherche à sortir, arrêtez-le pour vérification d'identité. Je vais chercher les mandats. Je vous envoie du renfort pour procéder à une enquête de voisinage dans l'immeuble.
- Pensez-vous qu'on tient notre coupable ? demanda à voix basse Lebeuf.
- Je n'en sais rien.

Hélène se trouvait dans son bureau lorsque Gérard se présenta au palais de justice. La jeune femme était pâle et son regard vide. Gérard se demanda ce qui se passait. Il reconnaissait les signes d'alerte qu'envoyait sa femme lorsqu'une crise était imminente.

- Ca va, Hélène ?
- J'ai trouvé les résultats du laboratoire dans la boite aux lettres.
- Alors ? demanda-t-il bien qu'il se douta du résultat.
- Le taux d'hormones est trop bas. Je devrai sûrement prendre un inducteur d'ovulation.
- Il n'y a aucun risque de grossesse multiple, Hélène. Aucun ! On ne te donnera juste la dose minimum, juste ce qu'il faut pour que tu ovules.

Elle redoutait par-dessus tout de se retrouver enceinte de quintuplés.

- Non ! Le risque n'est pas nul !

Elle faisait une fixation sur cet aléa, l'amplifiait à l'extrême. C'était sa manière de donner un nom et un visage à l'angoisse que générait la perspective de devenir mère.

- Nous pouvons renoncer au bébé si tu as peur, avança-t-il sans conviction.

Il disait cela pour calmer sa femme. Mais il tenait à avoir un enfant. Et elle aussi.

- Ne t'en fais pas. Je vais me raisonner, dit-elle en s'efforçant de sourire. Comment avance ton enquête ?

Il la mit brièvement au courant. Elle lui tendit une liasse de papiers qu'elle avait déjà préparée.

- Voilà ta commission rogatoire et tes mandats de perquisition et d'amener.

Il empocha les papiers et mima de la bouche un baiser.

- Je retourne là bas et je le cuisine. Ne m'attend pas pour déjeuner. J'avalerai un sandwich.
- Tout ira bien, répéta-t-elle pour prévenir sa muette question.

Mais sa voix manquait de conviction.

- Comment a évolué la situation ? demanda Gérard à Lebeuf lorsqu'il le rejoignit.
- Il est resté tranquille. J'ai interrogé ses deux voisins de palier. D'après la dame qui habite à gauche, Bonchard serait sorti un long moment ce matin.
- Quand ?
- Elle ne sait pas trop. Elle ne peut donner ni l'heure exacte de la sortie, ni indiquer combien de temps il a été absent.
- Que signifie pour elle un long moment ? Plus que pour aller chercher que du pain et revenir immédiatement ?
- Bien sûr !

Gérard frappa sur la porte.

- Ouvrez-nous Bonchard ! J'ai un mandat d'amener à votre encontre. Et comme je vous l'avais promis, j'ai appelé un serrurier. Il sera là dans quelques minutes. Inutile d'aggraver les choses. Ouvrez-nous !
- Je n'irai pas au commissariat, hurla Bonchard.
- Vous serez vite mis hors de cause si vous êtes innocent. Vous n'avez rien à redouter.
- Vous ne cherchez qu'à me coller le meurtre sur le dos alors que je n'ai rien fait !
- Mais non ! Je vous l'assure. Nous enquêtons à charge et à décharge !

Les policiers entendirent une voix crier.

- Entreprise Griffard ! A quel étage, a-t-on besoin de moi ?
- Au huitième, hurla Lebeuf en se penchant dans la cage d'escalier.

- Le serrurier arrive, prévint Gérard. Soyez raisonnable, Bonchard. Accompagnez-moi de votre plein gré au commissariat
- Non ! Je n'irai jamais au poste de police !

La porte rouillée de l'ascenseur s'ouvrit et un homme en bleu de travail en surgit.

- Je vous remercie d'être venu si vite, dit Gérard en lui montrant sa carte professionnelle. Je suis le commissaire Richier.

Il rangea sa carte dans sa poche et présenta le mandat de perquisition.

- Tout est en ordre, constata l'artisan, Quelle porte est-ce ?

Le policier le lui désigna du doigt. L'ouvrier s'activa quelques minutes sur la poignée avant de se redresser.

- C'est fait. Si vous voulez me signer ce papier.

Lebeuf entra dans l'appartement. Richier prit le stylo que le serrurier lui tendait et mis son paraphe au bas du bon. Il entendit son adjoint hurler :

- Ne faites pas cela !

Gérard se précipita. Bonchard avait enjambé une fenêtre et se tenait à califourchon sur le rebord, une jambe à l'extérieur, l'autre à l'intérieur.

- Si vous portez la main sur moi, je saute, prévint-il d'une voix suraiguë.
- Nous allons reculer, proposa Gérard. En échange vous revenez dans votre salon.
- Non ! Je ne rentrerai pas sauf si vous déchirez le mandat d'amener.
- Cela ne l'empêcherait pas d'exister.
- Alors que le juge l'annule. Je ne veux plus répondre à aucune question, quelle qu'elle soit.
- Il joue la comédie, souffla Lebeuf dans l'oreille de son patron. Laissez-moi le neutraliser.
- Non, je crois qu'il est sincère, chuchota Gérard.
- Nous allons consulter le juge, reprit le commissaire, à haute voix. Nous allons nous retirer pour vous permettre de rentrer chez vous en toute sécurité.
- Sortez de l'appartement. Refermez la porte derrière vous et quittez cet immeuble. Je veux vous voir, vous et votre compère, en bas de l'immeuble dans trois minutes, sinon je saute.
- D'accord !

Tirant Lebeuf par la manche, le commissaire regagna le palier.

- Il disait n'importe quoi, maugréa l'adjoint Vous auriez dû me laisser faire. Vous avez cédé à ses caprices. Maintenant il triomphe là haut.

- Il aurait sauté, affirma Gérard sur un ton qui n'admettait pas de réplique Nous allons demander l'aide d'un psy. Avec lui, il faut marcher sur des œufs !

Il chuchota à l'intention de l'inspecteur Mallard qui était resté à l'extérieur.

- Restez là et neutralisez le, s'il sort. Mais ne faites aucun bruit. Il ne faut pas qu'il sache que je vous ai laissé en arrière.

Lebeuf garda un silence hostile et boudeur dans l'ascenseur. Lorsqu'ils sortirent de l'immeuble, Gérard leva la tête.

- Il est encore à sa fenêtre, constata-t-il.

Et comme si Bonchard avait attendu qu'ils soient sortis pour passer à l'acte, il vit le corps basculer et tomber dans le vide. Ils entendirent un cri de femme puis un bruit sourd et mat.

Ils se précipitèrent mais il n'y avait plus rien à faire. Bonchard gisait dans une posture bizarre sur le sol. Du sang sortait de sa bouche.

- On peut boucler l'enquête. L'assassin vient de se faire justice, asséna Lebeuf en se relevant.
- Eh ! Toute affirmation de ce type est prématurée ! Il est peut être était innocent et s'est suicidé parce qu'il ne supportait pas d'être soupçonné !

Enervé, il sortit son téléphone et appela le samu.

III

Gérard, le visage fermé, était en train de gravir les escaliers qui le menaient à l'étage de Bonchard lorsque son portable sonna. S'infliger cette pénible ascension plutôt que de prendre l'ascenseur était sa manière de se punir après son fiasco. Cela lui permettait en outre de réfléchir seul, loin de Lebeuf qui avait le don de l'énerver.

- Gérard, l'informa son épouse, on vient de revendiquer par téléphone, auprès de la *Voix du Nord*, le meurtre. Je te cite les termes employés : « *Bonnefeu est le premier. Proviseur, profs, élèves, tous seront frappés comme à Littleton, de la part d'H888»*. La voix semblait celle d'un jeune homme.
- Un dingue ou un plaisantin !
- Attends ! On ne peut malheureusement pas exclure que le crime ait été commis par un jeune, fasciné par le carnage de Littleton. Tu as vu la connotation pronazie de la signature ? *H888*.

Quelques années auparavant, le jour de l'anniversaire de la naissance d'Adolf Hitler, deux étudiants avaient ouvert le feu dans un établissement scolaire de Littleton aux USA et avaient abattu une trentaine de personnes. Un téléfilm avait été tiré de cette tragédie et avait passé récemment sur une chaîne de télévision.

- Je ne crois pas un instant à cette hypothèse !
- La tuerie de Littleton aurait semblé invraisemblable à quiconque aurait été mis au courant avant qu'elle ne se produise ! Prends des mesures !

Aucune disposition sérieuse ne pouvait être prise ! Il n'avait pas assez d'effectifs sous la main pour protéger réellement le lycée mais il préféra ne pas la contrarier.

- D'accord mais je te parie que nous allons recevoir d'autres revendications aussi farfelues que celle-ci.
- On avisera si c'est le cas !
- Je te quitte, marmonna-t-il mécontent. Je vais fouiller l'appartement de Bonchard.

Lebeuf l'avait précédé chez le défunt. Il était accompagné de deux personnes, une jeune femme un peu boulotte et un homme âgé d'une cinquantaine d'années, qui avaient accepté de servir de témoins pour la perquisition.

- Par où commence-t-on ? demanda Lebeuf.
- Par la chambre à coucher.

Le lit n'était pas fait et les draps étaient tachés. Un désordre indescriptible régnait dans la pièce. La vie dans ce capharnaüm devait être difficile. Bonchard restait des journées entières dans son appartement à tourner en rond. Les policiers se mirent à retourner les affaires de l'ancien professeur avec méthode. On amena une revue porno à Gérard, trouvée sous le matelas. Le commissaire la feuilleta pour savoir ce qui attirait sexuellement Bonchard. Mais les photos des filles étaient banales et sans mystère. En refermant le magazine, Richier eut pitié de Bonchard, muré dans une vie désespérée et sans issue. Gêné, il tendit la revue aux témoins et ils la notèrent dans la liste des objets qu'on allait emporter.

- Voilà son carnet d'adresse, annonça triomphalement Lebeuf en tendant un agenda noir.

Gérard le consulta. Il n'y avait que peu de noms dont celui de Lefils le professeur qui l'avait renseigné. Il lut un prénom Françoise. Richier composa le numéro sur son portable.

- Allô ! répondit une voix féminine.
- Commissaire Richier à l'appareil, je voudrais parler à Françoise. Je ne connais pas le nom de famille.
- C'est moi-même. Je m'appelle Françoise Courtois. Il est arrivé quelque chose de grave ?
- Puis-je vous demander, madame, vos liens avec monsieur Bonchard, professeur de mathématiques à Valenciennes.
- Je suis sa sœur.
- Je suis désolé d'avoir à vous apprendre une mauvaise nouvelle. Votre frère s'est suicidé.

Il entendit un cri, suivi d'un sanglot. Puis la voix de la femme se fit lointaine.

- Gérard s'est tué ! La police me téléphone.

Un homme prit le relais.

- Docteur Marc Courtois. Puis-je savoir ce qui s'est passé ?

Gérard le mit brièvement au courant.

- Je souhaiterai rencontrer un membre de sa famille. Est-ce possible ?
- Nous arrivons ! Nous habitons Charleville-Mézières.
- Pourriez-vous passer au commissariat ?
- Bien sûr !
- Quelle heure vous arrange-t-elle ?

- Dix-sept heures ?
- D'accord, je vous attends. Transmettez mes condoléances à votre épouse.

Lorsque Gérard éteignit son portable, Lebeuf brandissait devant lui un cahier.

- C'est son journal intime.

Richier le prit et l'ouvrit au hasard. Bonchard se contentait de noter la date suivie de quelques mots brefs et secs. Sur la première page qu'il consulta, le commissaire lut.

23 mars ennui.

24 mars ennui, piscine.

25 mars j'ai acheté un nouveau jeu. Intéressant.

Il parcourut le cahier en diagonale à la recherche d'un passage plus consistant ou plus significatif. Au début de l'année scolaire précédente, Bonchard avait écrit :

9 septembre. Ils faisaient trop de bruit, ils se moquaient de moi, suis sorti.

10 septembre Suis encore parti. Bonnefeu m'a averti qu'il ne tolérerait plus que je laisse mes élèves. Il ne comprend rien.

11 septembre Suis parti, Bonnefeu a dit qu'il me renvoyait du lycée. Il dit n'importe quoi.

En avançant dans le cahier, il tomba sur la période où il avait proféré des menaces de mort.

18 novembre : Le rectorat a reconnu son erreur. Bonnefeu l'a dans le cul ! Je savais bien qu'on ne pouvait pas me mettre dehors.

19 novembre : Bonnefeu est une ordure. Il a tout manigancé pour m'exclure de nouveau. Je ne me laisserai pas faire. Il va connaître le goût du sang. Même Lefils est de son côté. Salauds. Je devrai tous les descendre.

21 novembre : On m'a conduit au commissariat. J'ai été bête de me laisser faire. Ils n'avaient pas le droit. Bonnefeu a le bras long. Même la police lui obéit. Mais j'ai dompté le procureur. Il n'osait plus rien dire et m'a vite fait relâcher.

22 novembre : Je hais Bonnefeu !

23 novembre : Je hais Bonnefeu !

Il parcourut rapidement les autres pages. A part ces deux périodes, il n'y avait pas grand chose. Le carnet intime était le reflet de la vie de Bonchard, un vide pesant que n'ébranlait que fugitivement une haine tenace envers son ancien supérieur. La veille et l'avant-veille du crime, il n'y avait que le mot *ennui* souligné d'un trait rageur. Cependant depuis un mois deux phrases revenaient de temps à autre «*Il faut que je parle à Bonnefeu* » et «*Je dois trouver le courage de l'aborder* ».

- Il ne parle pas du meurtre, remarqua Richier en refermant le carnet.
- Il se méfiait ! Il n'allait pas écrire quelque chose qui pouvait le compromettre. Ou il a été pris d'une impulsion subite.
- Ce carnet n'était pas destiné à être lu par quiconque. Il n'avait aucune raison de se censurer ! S'il avait commis le meurtre, il aurait fait des allusions dans ses notes. Il a indiqué qu'il avait menacé de mort Bonnefeu. On n'a jamais envie brutalement de descendre quelqu'un. Il existe avant des signes précurseurs. Et il écrivait dans ce journal tout ce qui sortait de l'ordinaire dans sa vie. C'est la raison même de ce cahier.

Un remords taraudait Gérard. Malgré ses efforts intérieurs pour se justifier, il se reprochait de s'être mal pris avec Bonchard et de l'avoir poussé à commettre l'irrémédiable.

- La dame d'à côté est formelle. Il est sorti un long moment ce matin. Il vous a menti lorsqu'il a affirmé qu'il n'est allé qu'à la boulangerie.
- D'accord il a menti, mais peut-être a-t-il eu peur. Il nous a caché sa sortie pour nous le ne soupçonnions pas. Un comportement infantile.

On frappa à ce moment sur la porte qui était restée ouverte et le médecin légiste entra.

- On m'a dit que je vous trouverais là. J'ai examiné le cadavre qui se trouve en bas. Rien de particulier à noter. Je lui ai fait un test rapide, qui n'a rien donné, sur les mains afin de savoir s'il avait tiré avec un revolver. J'effectuerai des analyses plus fines au laboratoire.
- Il a pu mettre des gants et les jeter après ou se laver soigneusement les mains, remarqua Lebeuf.
- Avez-vous tiré des conclusions de l'autopsie de Bonnefeu, s'enquit Richier.
- Quelques-unes mais j'ai dû m'interrompre pour venir ici. Les deux coups ont été tirés à bout portant. Le tueur ne lui a laissé aucune chance.
- Un professionnel ?
- Pas forcément mais un professionnel aurait agi ainsi.
- Je doute que ce soit Bonchard l'assassin, reprit Gérard. Rien dans cet appartement ne nous indique qu'il a fait partie d'un club de tir ou était un spécialiste des armes à feu.
- Il a pu s'exercer en cachette, rétorqua Lebeuf. Lorsqu'on a une idée en tête et la haine chevillée au corps, on fait souvent de remarquables

progrès. Je me souviens d'une affaire qui s'est déroulée, il y a plusieurs années, un mari qui a abattu sa femme. Un mois avant le meurtre il n'avait jamais touché une arme de sa vie mais il ne l'a pas ratée. Il s'était entraîné avec acharnement.

- Je vous laisse, annonça le médecin légiste. J'ai des corps à examiner.
- Je vous accompagne. On a fait le tour de l'appartement et j'ai le sentiment qu'on n'y découvrira plus rien. Lebeuf terminez la perquisition.

Il décida de retourner au commissariat afin d'organiser la protection du lycée Wallon contre le fantomatique *H888*. Désormais à chaque sortie et entrée des élèves, deux policiers seraient présents sur les lieux mais leur présence serait plus symbolique qu'efficace. Heureusement il ne se produirait probablement rien.

Afin d'être sûr de n'avoir rien oublié, le jeune homme regarda une dernière fois la liste des matériaux qu'il devait acheter. Tout lui sembla en ordre. Il avait hâte d'être au lendemain car il profiterait alors de l'absence de ses parents pour confectionner sa bombe.

Beaulieu serra énergiquement la main de Villard.

- Je vous remercie d'être venu si vite. Je vous ai peut être dérangé pour rien. Mais si l'enquête piétine, le procureur Vaugas s'arrangera pour que les soupçons se reportent sur moi. C'est un malade mental ! Il veut ma perte et fait feu de tout bois pour me nuire. Il faut à tout prix organiser un contre feu médiatique pour me protéger.
- Pourquoi s'acharne-t-il sur vous ?
- Je n'en sais rien ! Il cherche, depuis mon élection, à me coincer. Il fait vérifier sans cesse les comptes de la commune et ceux des associations qui touchent des subventions municipales Il m'aurait renvoyé devant les tribunaux s'il y avait trouvé la moindre anomalie. L'année dernière, il a ouvert une instruction préliminaire : le club de foot de la ville a acheté un hôtel en Haute Savoie à une de mes entreprises et l'a cédé l'année suivante à une autre. Vaugas pensait me coincer pour abus de bien sociaux. Mais il a été ridiculisé. L'établissement a été revendu plus cher qu'il n'avait été acheté et rien n'interdit à un particulier d'enrichir une association en lui faisant des cadeaux. Avant cette enquête il était juste hostile à mon égard. Depuis, il me hait.
- Parlez-moi de Vaugas. Comment le caractérisez-vous ?

- C'est un démagogue ! Son idéal est de paraître incorruptible mais en réalité, il a juste des lubies, des manies et des *à priori*. Dans son esprit, s'attaquer aux puissants est le summum de la vertu judiciaire, d'où ses perpétuels soupçons à mon égard.

Beaulieu était étrangement excité. On voyait que son contentieux avec le procureur lui tenait à cœur et que la haine qu'il lui prêtait était largement partagée.

- L'enquête peut-elle découvrir des faits gênants dont pourrait se servir Vaugas ?
- Non !

Villard tiqua. Il avait l'impression que Beaulieu le menait en bateau. Il décida de faire sentir à son employeur qu'il n'était pas dupe.

- Pourquoi alors vous soupçonnerait-il ? Je veux tout savoir. Inutile de bâtir une stratégie médiatique pour la voir s'écrouler parce que j'ignorais un fait essentiel. S'il a un cadavre dans le placard autant me l'avouer tout de suite.

Le maire soupira.

- Bonnefeu s'était porté candidat à l'élection cantonale et il avait de grandes chances d'arracher le canton de Valenciennes Nord aux socialistes. J'aurais ainsi obtenu la majorité au conseil général. Mais il a parlé de se retirer.
- Pourquoi ?
- Pour une broutille ! Il n'appréciait pas un article sur son principal adversaire que nous avons fait paraître dans un de mes journaux. Il le trouvait diffamatoire.
- L'était-il ?
- Pas vraiment ! On grossissait juste un peu les traits. On parlait du divorce de ce dernier et on racontait que l'épouse abandonnée se plaignait d'avoir d'être laissée sans le sou.
- Est-elle vraiment sans ressources ?
- Non. Il lui verse une pension décente, mais nous rapportions les propos de l'épouse sans les contredire. Rien de bien méchant. C'est de bonne guerre.
- Bonnefeu allait-il vraiment retirer sa candidature ?
- J'aurais arrangé les choses. Au pire, nous aurions publié un rectificatif !

Les méthodes de Beaulieu ne rebutaient pas le journaliste. Il jouait un jeu dont les règles avaient été inventées par d'autres avant lui, même s'il faisait preuve dans ce domaine d'une plus grande habileté que ses concurrents. Mais, pour Villard, ce qui différentiait Beaulieu des politiciens ordinaires, était la hauteur des ses ambitions. Il ne cherchait pas le pouvoir pour le pouvoir mais voulait s'en servir pour améliorer réellement le sort de ses concitoyens. Il n'avait plus rien à prouver lorsqu'il s'était lancé dans la politique. Homme d'affaires richissime, il avait tout à perdre et rien à gagner. Mais il s'était jeté à corps perdu dans une sorte de croisade et qu'importait le fumier sur lequel son entreprise s'était bâtie, seul comptait le sommet de l'édifice.

- Vous auriez donc, aux yeux de Vaugas, un motif pour supprimer Bonnefeu.
- Ne dites pas de conneries ! Faire tuer Bonnefeu parce qu'il menaçait de se retirer ! Même Vaugas n'est pas assez stupide pour imaginer cela !
- Si vous ne m'avez rien caché, mon travail sera facile. Si l'enquête s'enlise, je donnerai un maximum d'éclairage sur les pistes suivies par les flics et qui ne convergent pas vers vous. Ils suivent toujours plusieurs lièvres en même temps et on trouve facilement un huissier ou un policier qui a envie de parler. Si Vaugas persiste à vous accuser, je le présenterai sous un jour défavorable. On vous transformera en martyr. Un travail donc facile *à priori*.

Il avait insisté à dessein sur le mot *facile* pour tendre une perche à son interlocuteur. Il ne comprenait pas pourquoi on l'avait convoqué en catastrophe à Valenciennes, alors que le péril ne semblait pas imminent.

- Je ne vous ai rien caché.

Le journaliste n'était pas convaincu. Il avait l'impression que le maire occultait une partie de la vérité ce qui expliquerait la panique dont il faisait preuve. Et si Bonnefeu voulait retirer sa candidature pour d'autres raisons, que la publication de l'article ?

- Autre chose ajouta Beaulieu. Le journal local a reçu une revendication du meurtre sûrement fantaisiste. Un jeune qui prétend agir comme à Littleton. Vous vous souvenez ? Une tuerie dans un lycée aux USA.
- Intéressant ! Nous aurons de quoi détourner l'attention du public en cas de besoin.

Après avoir avalé un sandwich acheté dans un café, Gérard était venu retrouver les deux inspecteurs qui faisaient du porte à porte depuis la matinée dans les alentours du lycée Wallon.

- Personne n'a rien vu, soupira le plus âgé des deux policiers. On ne sait toujours pas si l'assassin a fui à pied, en voiture, en moto ou en vélo !
- La rue devant le lycée connaît-elle beaucoup de passage ?
- A l'heure du crime et un samedi, non !

- Pourtant quelqu'un a dû entendre les coups de feu, quand même !

Le ton du commissaire contenait une nuance de reproche.

- Pas sûr. La rue est large et on a pu prendre les détonations pour des bruits de moteurs !

Richier sortit un paquet de sa poche.

- J'ai amené des photos de Bonchard. Retournez voir les voisins. On trouvera peut être une piste. Pour vous aider, je prends ce côté ci.

Les policiers fatalistes empochèrent leur photo et s'éloignèrent. Gérard fit chou blanc. Ceux à qui il s'adressa, prétendirent n'avoir rien constaté de particulier. Par acquis de conscience, il termina son tour en sonnant à la porte d'une habitation située à un angle de la rue. Elle était trop loin du lycée pour que ses habitants aient pu entendre ou voir quoi que ce soit lors du crime et il n'espérait rien de sa visite. L'homme, qui ouvrit la porte, était âgé. Il se redressa, visiblement impressionné, lorsque Gérard lui présenta sa carte.

- A votre service, monsieur le commissaire, bafouilla-t-il.
- J'enquête sur la mort de monsieur Bonnefeu. Etes-vous au courant ?
- Oui.
- Avez-vous remarqué quelque chose ?
- Oui ! Depuis plusieurs semaines, un homme reste devant ma maison. Il observe le lycée.

Gérard ne s'emballa pas. Il savait par expérience que certains témoins en toute bonne foi transforment de paisibles promeneurs en suspects et induisent de fausses pistes.

- Que fait cet homme ?

Le vieillard sortit de sa maison et désigna du doigt un emplacement.

- Il se tient là. Il reste bien un quart d'heure ici, puis il part.
- Il vient tous les jours ?
- Non, de temps en temps.
- Et ce matin, était-il là ?
- Oui.
- Avez-vous vu son visage ou le dissimule-t-il ?
- Il ne se cache pas. Il porte des lunettes et il est brun.

Gérard tendit la photo de Bonchard.

- Est-ce lui ?
- Oui.
- Ce matin, vers quelle heure avez-vous remarqué cet individu ?

- Comme les autres jours, je l'ai vu en ouvrant mes volets, juste après les titres du journal de 7 heures à la radio.

C'était l'heure du crime.

- Avez vous entendu les coups de feu ?
- Je n'en suis pas sûr. Mais je le crois.
- Etait-ce avant ou après que le suspect soit parti ?
- Je ne sais pas.
- L'homme portait-il une arme avec lui ?
- Je n'ai rien remarqué.
- Bien ! Donnez-moi votre nom et votre téléphone. Vous serez convoqué pour signer votre déposition.

Gérard retourna pensif vers le lycée Wallon. Il s'approcha de l'endroit où le crime avait été commis. La position du corps était indiquée à la craie. Bonnefeu avait été tué à un angle de la rue. Sa tête avait heurté une grille qui ceinturait le lycée. De l'autre côté de la grille on voyait un étroit jardin et un bâtiment de pierres noircies par la suie. En levant la tête, Gérard remarqua qu'au premier étage des rideaux étaient accrochés à la fenêtre. Quelqu'un habitait là. Gérard alla sonner à la porte du lycée. Le concierge lui ouvrit.

- Qui habite l'appartement du premier étage, celui qui est proche de l'endroit où se trouvait le corps, demanda Richier.
- Monsieur le proviseur et sa femme.
- Y a-t-il un autre logement de fonction dans les alentours ?
- Non c'est le seul. Les autres sont de l'autre côté, près de l'entrée des élèves.
- Je vous remercie.
- Le fils de monsieur Bonnefeu, Marc, est arrivé. Si vous désirez lui parler !
- J'y vais.

Il sautait sur l'occasion car il avait de nouvelles questions à poser à la veuve. Le fils se récria lorsque Gérard demanda à voir sa mère.

- Ma mère dort, chuchota-t-il. Le médecin lui a fait absorber un calmant. Je refuse de la déranger !

Mais madame Bonnefeu apparut dans le couloir.

- Alors ? Avez-vous interrogé le prof ?
- Il est mort. Il s'est suicidé.
- Il ne se sentait pas la conscience tranquille ? Personne ne le regrettera.

- Avez-vous entendu quelque chose ce matin ? Les coups de feu. Une dispute ? Des éclats de voix ?
- Rien. Je dormais. Avec ce qu'on me donne, je dirai plutôt que j'étais dans le coma !
- Maman, tu devrais aller te reposer ! intervient son fils.
- Il ne reste plus longtemps à vivre, Marc. Pourquoi gâcherais-je mes derniers instants à dormir ?

Gérard, en parlant, s'était approché de madame Bonnefeu qui se tenait sur le seuil de sa chambre. Par la porte il aperçut les rideaux qu'il avait déjà remarqués de l'extérieur.

- Votre mari a-t-il évoqué devant vous des problèmes d'ordre politique ? Des faits déplaisants qu'il aurait découverts ?
- Pourquoi me posez-vous cette question ? Bonchard n'est pas le meurtrier ?
- Nous n'avons aucune certitude. Nous ne ferions pas notre travail si nous n'enquêtions pas dans toutes les directions.
- La politique était la dernière lubie de mon mari. Je ne m'intéressais pas à cette activité et il ne m'en parlait pas.

Richier n'insista pas et se tourna vers Marc.

- Et vous ? Votre père vous a-t-il fait des confidences ?
- Mon fils ne sait rien !

« *Laissez-le parler !* » eut envie de répondre Gérard, mais, poli, il le ne dit rien et Marc Bonnefeu garda le silence, respectant la consigne maternelle. Il regarda sa montre. S'il voulait passer chez lui avant de recevoir au commissariat la sœur de Bonchard, il devait partir et il s'empressa de prendre congé.

IV

Hélène était couchée lorsque Gérard arriva chez lui.

- Cela ne va pas, chérie ? demanda-t-il en entrant dans la chambre.

Sa question était rituelle. Elle n'allait pas bien puisqu'elle s'était réfugiée dans son lit. Il connaissait aussi la raison de son trouble : le résultat des examens qu'elle avait reçu le matin même.

- Vaugas veut nous voir ce soir à dix-neuf heures pour faire un premier point sur l'enquête, répondit-elle d'une voix enrouée. As-tu avancé ?
- Beaucoup d'indices désignent Bonchard. Il était présent sur les lieux du crime et si je prouve qu'il savait se servir d'un revolver, tu pourras boucler ton dossier. Mais je doute qu'il soit un familier des armes.

Il la mit longuement au courant des derniers développements de son enquête. D'insister sur les détails lui permettait de récapituler. Il termina en remarquant :

- J'ai organisé la surveillance du lycée mais mes hommes vont perdre leur temps !
- N'en sois pas si sûr !
- Lundi, j'interrogerais les lycéens. Les déviants se font très souvent repérer par leurs camarades.
- Espérons-le, répondit-elle en remettant nerveusement en place une boucle de ses cheveux.

Le commissaire regarda sa femme qui pâlissait et demanda :

- Comment te sens-tu Hélène ?
- Ca va !

Elle mentait. Il avait appris, en six ans de mariage, à déchiffrer les tensions intérieures de sa femme à d'infimes détails : à sa main qui se crispait, au pli que formait sa bouche.

- Veux-tu qu'on en parle ?
- A quoi bon, nous ne cessons d'en parler. Tu vas me répéter les même arguments. Je les écouterais mais ils ne me convaincront pas.

Il était désemparé. Il ne savait que faire.

- Lançons-nous. Plongeons une bonne fois. Quand le bébé sera là, tout sera oublié.

C'était la seule éclaircie qu'il voyait dans un ciel désespérément noir, l'arrivée de l'enfant, la maternité qui la transformerait. Elle ne lui répondit rien et il ajouta :

- Je file. Je vais voir la sœur de Bonchard. On se retrouve à ton bureau.

Il ne supportait plus de la voir dans cet état ou plutôt il ne supportait plus son impuissance à l'arracher aux miasmes dans lesquelles elle était plongée.

Françoise Courtois était une femme élégante qui ressemblait un peu à Bonchard. Elle se fâcha net lorsque Gérard lui fit part des soupçons qui pesaient sur son frère.

- Non, asséna-t-elle en proie à une violente colère, Philippe n'a pas commis ce crime. Il en était incapable.
- Etiez-vous proche de lui ?
- C'était mon frère, rétorqua-t-elle comme si ce lien de parenté était une réponse suffisante.
- Le voyiez-vous souvent ?
- Nous l'invitions chez nous pour les fêtes.
- Etes-vous au courant des menaces de mort qu'il a proférées ?
- C'est une affaire montée de toutes pièces ! On voulait à tout prix le renvoyer du lycée. On y est parvenu. C'est le résultat d'une cabale de collègues jaloux qui enviaient mon frère.

Gérard se tourna vers le mari qui tenait la main de sa femme.

- Vous êtes médecin, n'est ce pas ? Pensez-vous que votre beau-frère avait besoin d'une aide psychiatrique.
- Philippe n'était pas fou, remarqua indignée Françoise Courtois.
- Mon beau-frère était un peu abattu par ce qu'il lui arrivait, répondit le docteur Courtois. Mettez-vous à sa place.
- Consultait-il un spécialiste ? Prenait-il des médicaments ?
- Pas à ma connaissance ! répondit sèchement Françoise.
- Vos parents sont-ils encore en vie ?
- Non.
- On m'a dit qu'ils étaient décédés lors d'un accident de voiture auquel votre frère a assisté ? Est-ce vrai ?
- Oui. Philippe a été éjecté. La voiture a pris feu. Mes parents ont péri dans l'incendie.

Gérard ressentit de la colère envers ses interlocuteurs. Pourquoi n'avaient-ils jamais perçu la détresse de Bonchard ? Ils étaient probablement les seuls à avoir des contacts avec lui, à pouvoir l'aider. Mais ils l'avaient laisser dériver.

- Votre frère était-il membre d'un club de tir.
- Non, quelle drôle d'idée !
- Possédait-il une arme ? Savait-il se servir d'un revolver.
- Bien sûr que non ! répondit la sœur ulcérée.

Son mari ajouta en pointant son index vers Gérard.

- Il me reprochait d'être chasseur. Pour lui je mettais en danger la vie de mes enfants en gardant un fusil et des cartouches chez moi.
- Il aurait été incapable de tenir la moindre arme, protesta violemment Françoise Courtois. Cela l'aurait révulsé !
- Si vous ne nous croyez pas, interrogez nos amis, ajouta son mari sur un ton peu amène. Beaucoup ont été témoins des propos virulents de Philippe contre les chasseurs et les dangers des armes à feu.
- D'abord, mon frère aurait été incapable de commettre un meurtre. Ensuite, jamais, au grand jamais, il n'aurait utilisé un revolver. Il aurait employé un poignard ou je ne sais quoi. Vous me faites dire des absurdités. Philippe n'est pas un assassin !

Gérard fut troublé par la véhémence des protestations de ses interlocuteurs et ses doutes sur la culpabilité du professeur rejaillirent.

- Je vous remercie d'être venus. Nous allons prendre votre déposition.
- Où se trouve son corps ?
- A l'institut légal. Nous devons procéder à des examens et à une autopsie. Nous vous demanderons ensuite de l'identifier. Le corps ne vous sera rendu que dans quelques jours. De même son appartement est sous scellés. Vous êtes déjà allé chez lui ?
- Non. C'est la première fois que nous venons à Valenciennes.

Gérard se dit que s'ils s'étaient rendus compte du chaos dans lequel vivait Bonchard, les choses auraient été autres.

Lorsque Gérard eut terminé son exposé, Vaugas asséna, péremptoire :

- Bonchard n'a pas commis le crime. C'est l'œuvre d'un professionnel. Une exécution !
- Mais il était présent au moment du meurtre, remarqua Hélène que l'assurance du magistrat agaçait.

Pourtant, comme son mari elle ne croyait pas à la culpabilité de l'enseignant.

- Une coïncidence probablement et une coïncidence qui explique pourquoi il s'est suicidé car il se sentait incapable d'expliquer sa présence prés du lycée ce matin ! Madame Richier, vous devriez fouillez du côté du maire de Valenciennes. Il faut l'interroger. Il détient, qui sait, la clé du mystère.
- J'estime que, pour l'instant, une audition de monsieur Beaulieu est prématurée. Mais je le convoquerai si cela devient nécessaire pour l'enquête.

Hélène avait contré Vaugas, par pur réflexe parce qu'elle avait horreur que ses supérieurs lui dictent sa conduite. Mais, bien entendu, elle se réservait le droit de suivre sa suggestion, qui était de bon sens. Le procureur regarda sa collaboratrice. Il se demanda s'il avait fait le bon choix en lui confiant l'enquête. Jamais il n'avait imaginé qu'elle se montrerait aussi indocile. Mais elle n'était arrivée que depuis un mois et il ne la connaissait pas bien.

- Reste la revendication anonyme, ajouta Hélène et l'hypothèse d'un lycéen qui a disjoncté et qui risque de récidiver.

Vaugas hocha la tête :

- Dieu nous en préserve !

Le procureur explora en esprit cette voie mais revint vite à son idée fixe : Beaulieu.

- Dés lundi, nous enquêterons auprès des élèves et mon mari a organisé une surveillance du lycée.
- Précautions élémentaires, approuva le procureur.
- Comme si deux policiers en faction constituent une protection efficace, grommela Gérard.

Il se demandait où il trouverait les hommes nécessaires pour accomplir ses autres missions. Tout cela parce qu'un gamin s'amusait.

- Littleton exerce une fascination morbide sur beaucoup d'adolescents, assura Hélène sur un ton catégorique. Rien qu'aux Etats-Unis, il y a eu une petite dizaine d'affaires inspirées par cette tuerie
- Nous sommes en France pas aux USA, protesta son mari. Et il y a loin entre s'amuser au téléphone et commettre des crimes. A mon avis, il ne passera rien.

Philippe Villard consulta la plaque sur la boite aux lettres. Il était bien devant la maison de Vaugas. Il ne s'attarda pas et s'éloigna de l'habitation, une magnifique bâtisse de pierre blanche, située dans une rue calme qui donnait sur la place d'Armes. Sur le côté, par delà le mur on devinait un magnifique jardin.

Il s'arrêta pour prendre des photos avant de retourner dans sa voiture garée en contrebas. Il décida d'épier, depuis son véhicule, garé un peu plus loin, le domicile du magistrat, même si cette surveillance serait probablement stérile. Mais il n'y avait rien d'autre à faire, pour le moment. C'était le week-end. Le palais de justice était fermé. Il ne pouvait pas glaner des échos sur le procureur auprès des avocats et des employés du tribunal. Il ne souhaitait pas non plus écrire un article sur l'affaire. Tant qu'elle n'apparaissait pas à la une des médias nationaux, il valait mieux faire le mort. Il ne comprenait pas la panique de Beaulieu. Il aurait pu le convoquer le lundi ou attendre que l'orage gronde vraiment avant d'agir.
Il aperçut soudain une femme et deux petites filles qui rentraient dans le pavillon. Il saisit son appareil et braqua son objectif sur elles. Il le faisait par réflexe car il ne savait pas à quoi ces photos pourraient lui servir.

- Vaugas m'énerve, maugréa Hélène lorsqu'ils rentrèrent dans leur appartement. Il tient à son idée : un tueur professionnel envoyé par Beaulieu. Il ne privilégie qu'une piste et une seule !
- Il y a quand même un point que nous devons éclaircir : Bonnefeu avait-il, comme le prétend Lefils, l'intention de retirer sa candidature et si oui pourquoi ?
- En effet, concéda-t-elle du bout des lèvres.

Il détourna la tête et murmura.

- J'ai envie de toi.

C'était un désir violent et soudain qui lui broyait les entrailles. Hélène se crispa. Elle murmura «oui » Mais tout son corps disait non. Il essaya de l'entraîner vers la chambre, mais elle se dégagea et dit d'une voix sourde :

- Attends, il faut que je me lave.

C'était son obsession la propreté dans ces moments là. Elle le faisait pour casser son désir, pas consciemment peut être, mais pour se protéger et pour geler le temps.
Il avait tout essayer pour régler leur problème : la tendresse, la patience. Ils avaient consulté ensemble une sexologue, une dame qui les avait écoutés ou plutôt l'avait écouté alors qu'elle se taisait. Lorsqu'elle avait donné à Hélène des exercices à faire pour développer sa sensibilité, la jeune femme s'était dérobée et avait fini par refuser de venir aux séances.
Il s'était mis en colère, avait tempêté. A chaque crise, elle le regardait l'air absent, lui crier ses frustrations. Elle finissait par jeter, statue blessée et dédaigneuse.

- Trouves toi en une autre, si tu n'es pas content.

Il l’avait prise au mot, par désespoir, par défi. Il avait dragué une collègue mariée, blonde et un peu fade, qui s’ennuyait dans son couple. Il n’avait pas retiré beaucoup de plaisir de leur étreinte dans un hôtel. Pendant tout le temps qu’il fit l'amour à l’autre, il pensa à Hélène.
Dès qu’il rentra chez lui, il avoua à son épouse sa faute. Il lui jeta son infidélité au visage parce qu’il ne pouvait pas la garder pour lui, parce qu’il se dégoûtait et qu’il estimait qu’Hélène était responsable de ses errements.
Elle ne lui dit rien sur le coup. Un silence étrange qui le perturba. Il aurait préféré des cris, des reproches, une gifle, quelque chose de sonore et de bruyant, tout mais pas ce mutisme accusateur. La dépression d’Hélène s’accentua. Elle ne quitta plus son lit et s’arrêta de travailler.
Le soir lorsqu’il revenait de son travail, elle lui demandait d’une voix plaintive.

- Tu l’as vue aujourd’hui ?

Au bureau, il rencontrait souvent son éphémère maîtresse, même si plus rien ne se passait entre eux. Hélène le croyait quand il lui répétait que c’était un accident qui ne se reproduirait plus. Mais elle posait toujours son obsédante question.
Pour rompre le cercle infernal, il lui avait proposé de fuir Paris, de se réfugier ailleurs, de recommencer une nouvelle vie. D’une certaine mesure, elle l’avait définitivement vaincue. Il avait renoncé à une vie sexuelle normale.
De temps à autre lorsqu’il n’en pouvait plus, ils avaient des rapports. Mais c’était quelque chose de mécanique et de terne, qui le soulageait sans l’apaiser. Elle restait passive, inerte entre ses bras. Elle était un poids mort, un fantôme, un reproche dégoûté du désir de son mari.
Quand il la regarda se déshabiller de cette manière hautaine et détachée qui lui était propre, il se dit qu’il devait l’aimer à la folie pour supporter son attitude. Ou, du moins, il souhaitait l'aimer à ce point. Sinon il aurait enduré ces sacrifices pour rien.

V

Malgré qu'on soit dimanche, Gérard téléphona à Lefils, l'obligeant professeur, qui l'avait renseigné la veille. Il comptait sur lui pour lui rapporter tous les ragots qui traînaient sur Bonnefeu.

- Si vous êtes libre, venez chez moi immédiatement, lui répondit l'enseignant. Cet après midi, je suis de sortie.

Gérard ne se le fit pas dire deux fois.

Lefils le reçut dans le salon du pavillon moderne qu'il occupait dans le village huppé de Sebourg. Il semblait crispé, mal à l'aise, alors qu'au téléphone, son ton était chaleureux et ouvert. Il le fit asseoir sur un canapé de velours noir et lui proposa un apéritif que Gérard refusa poliment.

- Parlez-moi de la vie de famille des Bonnefeu. S'entendait-il bien avec son fils ?
- Oui je pense. Par contre Marc s'est souvent disputé avec sa mère.

Il s'interrompit quelques instants avant de révéler en chuchotant et un peu gêné :

- Il fréquentait une fille, qu'il avait rencontrée pendant ses études au lycée. Il parlait de se marier. La mère a mis le holà car la jeune femme ne lui plaisait pas du tout !
- Et le fils a obéi ?
- Pas tout de suite, après beaucoup de disputes. Madame Bonnefeu a réussi à saper la confiance que son fils plaçait en son amie. Il a rencontré ensuite une jeune femme, bien sous tous les rapports comme on dit. Il l'a épousée mais l'amour ne devait pas être au rendez-vous puisqu'il vient de divorcer.
- Et son père ne disait rien ? Il laissait faire son épouse ?
- Marc était la cause des nombreuses disputes du couple. Mais avec lui, comme avec son fils, elle finissait toujours par obtenir gain de cause. Sa maladie n'a pas changé la situation.

Lefils leva la tête et sembla regarder quelque chose derrière le policier. Richier se retourna. Il n'eut le temps de voir une femme qui disparaissait derrière la porte de la cuisine.

- Cherchait-il des compensations ailleurs.
- Pas à ma connaissance !
- Vous n'avez pas entendu de rumeurs à ce sujet ?

Lefils détourna la tête pour regarder le chat de la maison qui venait de faire son apparition dans la pièce.

- Non.
- Parlez-moi de Bonnefeu.
- Que voulez-vous que je vous dise de plus qu'hier ? répliqua sèchement l'enseignant.
- Tout ce qui vous passe par la tête !

Le professeur soupira et se cala sur son siège, mécontent :

- Il était autrefois professeur d'histoire géographie. Mais c'était un musicien dans l'âme. Il avait mené de front des études à la faculté d'histoire et au conservatoire. Il était un pianiste accompli. Il aurait pu mener une carrière de musicien professionnel. Il a préféré être enseignant, puis proviseur. Il ne nous a jamais expliqué les raisons de son choix. Parfois lors des cérémonies de vœux ou lors des pots de retraite, il nous régalait d'un concert d'un quart d'heure. Juste un quart d'heure car selon lui, il prenait le risque d'ennuyer ses auditeurs si son récital avait duré plus longtemps ! Au physique, c'était un gringalet. Petit, fluet, aux lunettes rondes cerclées de métal.
- Qui savait que Bonnefeu sortait le matin ?
- Tout le monde ! Il faisait la tournée des popotes. Il allait dans les cuisines voir si le petit déjeuner des internes était correctement préparé, parlait avec le concierge puis allait acheter des croissants pour sa femme. Il en profitait pour emmener son chien faire sa promenade matinale.
- Mais personne n'a parlé de sa présence d'un animal lors du crime !
- Il est mort, il y a un mois, empoisonné.
- En quelle circonstance ?
- Bonnefeu l'a retrouvé un matin gisant sur le sol. D'après le vétérinaire, quelqu'un lui a donné une boulette de viande mélangée avec du désherbant.
- On a découvert le coupable ?
- Non. Bonnefeu soupçonnait beaucoup de monde. Des employés du lycée, des personnes qui auraient voulu se venger de lui, mais plus particulièrement les internes. Le proviseur envoyait parfois son chien faire une ronde la nuit dans le lycée. Malheur aux élèves qui essayait de faire le mur. Le chien les repérait et en aboyant prévenait le gardien de nuit ou le proviseur.

Gérard se dit qu'il faudrait approfondir la piste. Il repensa à la menace téléphonique d'*H888*.

- Sa femme approuvait-elle ses activités politiques ?
- Je n'en sais rien !
- Vous m'avez dit qu'il avait découvert certains faits qui lui déplaisait.
- J'ignore toujours lesquels !
- Qui pourrait me renseigner, à votre avis. Son épouse prétend ne rien savoir.

Lefils eut un geste d'impuissance.

- J'aurais pensé qu'elle était la mieux placée. Peut être son fils !
- Avez vous entendu parler de groupuscules néo-nazis ou d'élèves du lycée qui seraient passionnés par les armes.

À Littleton existait avant la tragédie un gang qui s'appelait «la *mafia des trench-coats* ». Les assassins en avaient fait partie mais personne n'avait pris cette bande au sérieux avant que le massacre ne se produise.

- Non, je ne connais aucun groupement de ce genre !
- Vous n'avez jamais vu des tags ou des affiches appelant à la violence sur les murs de votre établissement.
- Non plus.

Cela n'étonna pas Gérard qui n'avait posé ces questions que par acquis de conscience.

Lefils regarda sa montre avec ostentation et Gérard comprit qu'il était temps de partir. Son interlocuteur s'était refermé et ne semblait plus disposer à parler. Le commissaire se leva et serra la main de l'enseignant.

- Je viendrais vous voir un autre jour si j'ai des précisions à vous demander.

Lorsque le policier fut sorti, madame Lefils entra dans la pièce et éructa :

- Pourquoi faut-il que tu sois si bavard ! Il y a une centaine de profs dans ce lycée et bien entendu c'est toi qu'on vient interroger. On te repère vite.
- J'essaye d'aider la justice.
- Tu te mêle de ce qui ne te regarde pas ! Tu n'as pas à juger la façon dont madame Bonnefeu agit avec son fils.
- Il y a eu un mort, Christiane. Il faut que la police trouve le coupable.
- Et tu crois que tes bavardages vont faire avancer l'enquête ?
- Tu es injuste ! Avec les simagrées que tu m'as faites derrière le dos du commissaire, je n'ai pas osé lui donner un renseignement capital.
- Lequel ?

Mais il refusa de lui répondre et alla prendre le journal.

Faute de meilleure idée, Villard avait repris sa surveillance du domicile de Vaugas dés le petit matin, avec le faible espoir d'en apprendre plus sur lui. Il la continua jusqu'à ce que le procureur sorte de chez lui en tenant ses fillettes par la main. Vaugas allait à la messe et le journaliste entra dans l'église pour voir comment il se comportait pendant l'office. Etait-il un père tendre ou sévère ? Ecouterait-il attentivement le prêtre ou serait-il distrait ? Ces renseignements n'avaient en eux-mêmes aucun intérêt mais ils lui donnaient l'illusion de gagner l'argent qu'on lui avait remis. Il fut vite fixé : Vaugas restait la tête haute, immobile. Ses filles ne s'agitaient pas. Elles étaient sages et figées à ses côtés et leur papa ne leurs accordait aucune sorte d'attention.

Villard en eut assez et sortit, écœuré. Il alla acheta le journal local pour voir quels films étaient à l'affiche de l'unique cinéma de la ville. Mais il avait vu le seul qui soit intéressant. Les autres étaient des navets. Il se demanda, si, en dépit des consignes, il n'allait pas rentrer à Paris mais il n'osa pas encourir la colère de son employeur.

En désespoir de cause, il gagna la rue du tribunal et entra dans un café qui faisait face à la cité judiciaire. Il commanda une bière et entreprit de bavarder avec le patron, un homme replet au crâne dégarni.

- Alors demanda-t-il après s'être présenté comme étant un journaliste parisien chargé de faire un reportage sur la ville, êtes-vous content de l'arrivée de l'usine japonaise à Valenciennes ?

C'était le dernier coup médiatique de Beaulieu. Villard travaillait avec Hylain sur la promotion de cette arrivée. Ils devaient présenter leur patron comme le sauveur d'une région en détresse, celui qui réussit à arracher sa ville d'adoption au marécage du chômage. Les journalistes voulaient que dans toute la France, on se dise : «*Quel dommage que nous n'ayons pas un maire comme Beaulieu !*»

- Bien sûr ! Dominique est un type formidable, s'enthousiasma le cafetier J'ai cru en lui dés qu'il est arrivé. Grâce à lui notre club de foot est remonté en première division ! Et maintenant, il nous amène des emplois. Lui, il se bouge et dévoue vraiment pour sa ville.
- Il n'est pas si net que cela. On m'a dit que le procureur cherchait à le coincer. Il doit avoir beaucoup de choses à se reprocher.
- Vaugas est un comique. Il mettrait son épouse en prison si elle traversait la rue en dehors des clous. Connaissez-vous sa dernière trouvaille ? Il a classé une plainte déposée contre une femme qui avait volé dans un supermarché en invoquant un soit disant état de nécessité. Voulez-vous une lecture amusante ? Je vais vous donner une

petite feuille locale. Ils tiennent une page d'échos. La moitié est consacrée aux frasques de Vaugas.

Le patron fouilla derrière son comptoir et sortit un exemplaire chiffonné. Villard remercia et se plongea dans la lecture. Lorsqu'il rendit le journal au patron, il avait en tête un article qui ridiculiserait Vaugas. Mais en même temps il ne pouvait s'empêcher d'éprouver une forme de sympathie pour le rigide procureur.

Lorsque Jocelyne Vaugas entra dans le salon, elle trouva son mari assis dans un fauteuil. Un livre était posé sur ses genoux mais il ne lisait pas. Il regardait fixement devant lui.

- Fabien, dit-elle tendrement, tu es encore préoccupé par cette affaire ? Tu ne devrais pas la prendre autant à cœur !
- Il faudrait qu'elle convoque Beaulieu et qu'elle l'interroge avec fermeté pour le déstabiliser. Mais elle n'en fera rien. Cette fille est décidément folle. Il faut voir comment elle me parle. Elle a les yeux qui me fusillent sur place. J'ai l'impression que Beaulieu va encore s'en tirer.
- S'en tirer ! Tu ne devrais pas parler comme cela ! Ce n'est pas forcément lui le commanditaire du crime !
- Bien sûr ! Mais depuis que Beaulieu est arrivé, les choses ont changé à Valenciennes. Il a introduit des mœurs nouvelles. Du temps de l'ancien maire, jamais on n'aurait vu un proviseur se faire assassiner devant son lycée.

Elle sourit devant la mauvaise foi de son mari.

- Tu exagères ! Il était grand temps que les choses changent !

Elle avait voté pour Beaulieu aux dernières municipales et aimait taquiner son époux à ce sujet.

- Je vais forcer la main à Richier.
- Eh Fabien ! Beaulieu n'est pas obligatoirement coupable ! Que comptes-tu faire ?
- Demain, je donnerai une conférence de presse.

Elle grimaça mais n'osa pas le contredire Il reprit après quelques instants de silence :

- Tu as raison, Jocelyne, je suis trop partisan ! Mais je me méfie de Beaulieu. J'ai un préjugé défavorable envers tous les sauveurs autoproclamés ! Mais bon, il n'a peut être, en effet, rien à voir avec le meurtre de Bonnefeu.

Il lui en coûtait d'admettre cela et il s'empressa d'ajouter :

- Je veux juste qu'on s'en assure. Si je ne bouscule pas Richier, elle ne fouillera pas sérieusement de son côté.

VI

Gérard se leva fatigué. Il avait mal dormi et avait ressassé une partie de la nuit les différents éléments de l'affaire. Il penchait toujours pour l'innocence de Bonchard : le meurtre ne collait pas avec sa répulsion pour les armes et son carnet intime le disculpait. Mais il était présent sur le lieu du crime, à l'heure où il avait été commis, et c'était un fait qu'on ne pouvait pas négliger. Il décida d'envoyer l'inspecteur Mallard enquêter auprès des clubs de tir et des armureries de la région pour le cas où. Mais Mallard ne trouverait sans rien et sauf imprévu, les termes du débat resteraient les mêmes. Il fallait maintenant explorer les autres pistes en espérant que l'une d'entre elles aboutirait, ce qui lèverait par ricochet le mystère de Bonchard.
Présent dés sept heures aux abords du lycée, il interrogea au hasard les jeunes qu'il croisait. Il leurs demandait s'ils connaissaient des camarades qui seraient amateurs d'armes ou qui professaient des idées extrémistes. Mais les réponses étaient invariablement négatives. Vers 9 heures, il se présenta au domicile de madame Bonnefeu. Il n'avait pas osé la déranger la veille. Elle le reçut en chemise de nuit et en robe de chambre. Elle était très maigre et ses yeux jaillissaient de son visage émacié.

- Encore vous ! L'enquête n'est donc pas close ? Vous tenez votre coupable ! Que vous faut-il de plus !
- Nos investigations sont loin d'être terminées !
- Que me voulez-vous ?
- Parlez-moi de la mort de votre chien.
- Ce n'était pas mon chien ! C'était celui de mon mari ! J'étais contente qu'il disparaisse. Je ne supportais plus cette bête !
- Comment a-t-il été tué ?
- C'est la concierge qui l'a trouvé. Le vétérinaire prétend qu'on l'a empoisonné.
- Quel est le nom du vétérinaire ?

Elle lui donna l'adresse d'un cabinet de la périphérie.

- Revenons sur la candidature de votre époux aux cantonales. D'après une de mes sources, il aurait découvert quelque chose qui ne lui plaisait pas.
- Je vous l'ai déjà dit hier ! Je ne sais rien sur ce sujet !

- Il ne vous faisait pas de confidences ? Les faits déplaisants, mis à jour par votre mari, sont peut être à l'origine de sa mort !
- Dans ce cas, j'avais raison ! Je ne voulais pas qu'il se présente.

Elle criait presque. Mal à l'aise, Gérard préféra battre en retraite.

- Je vais vous laisser vous reposer. Puis-je avoir les coordonnées de votre fils ? Je voudrais lui parler.
- Pourquoi ? Laissez-le tranquille !
- C'est la règle, madame, lorsqu'il y a meurtre d'interroger ses proches. J'ai omis de lui demander ses coordonnées avant hier et j'ai des questions à lui poser.

Elle jeta une adresse et un téléphone. Il dut lui demander de les répéter afin de pouvoir les noter. Elle s'exécuta de mauvaise grâce et ne modéra pas son débit.

Dés qu'il eut pris congé, il téléphona à Lebeuf et lui demanda d'aller chez le vétérinaire. Puis il gagna la loge des concierges. Il y trouva le mari mais pas l'épouse. Il dut la chercher dans tout l'étage administratif avant de la dénicher en grande discussion avec une secrétaire.

- Que savez-vous sur la mort du chien ? lui demanda-t-il après l'avoir saluée. C'est bien vous qui l'avez trouvé ?
- Oui en effet. Il était dans la cour tout frissonnant. Il bavait. J'ai couru prévenir monsieur le proviseur. Il l'a emmené chez le vétérinaire mais il est mort là-bas. En l'autopsiant, on a découvert dans l'estomac une boulette de viande empoisonnée.
- Avez-vous une idée de l'identité de celui qui a fait le coup ?
- Monsieur le proviseur était persuadé que c'était un des internes du lycée. Il était furieux. S'il l'avait découvert, le coupable aurait passé un mauvais quart d'heure.
- Le chien était-il méfiant ?
- Oui. Il n'aurait jamais accepté une boulette de viande offerte par un inconnu. C'est pour cette raison que le proviseur soupçonnait un interne car le chien les connaissait.

Le téléphone de Gérard sonna. Il s'excusa et gagna le couloir pour prendre la communication.

- Chéri, il y a du nouveau. J'ai reçu une lettre anonyme. Elle a été postée hier soir à la grand poste de Valenciennes. On a écrit à la machine le texte ainsi que l'adresse. On a mis sur l'enveloppe *à l'attention du juge d'instruction chargé de l'affaire Bonnefeu*. Le texte est le suivant : « *Et si vous*

vous intéressiez à Yasmina El Kanbi, institutrice à l'école des acacias. » Tu vas la voir ?

- D'accord ! Epelle-moi son nom !

Il arriva dans l'établissement scolaire à l'heure de la récréation et demanda à parler à l'enseignante désignée par la lettre. Le directeur le conduisit à une jolie femme brune qui surveillait les enfants. Il prit le service de sa collègue pour lui permettre de parler avec le policier.

- Est-ce urgent ? demanda l'institutrice après qu'il l'eut informé de l'objet de sa visite. Je préférerai vous parler pendant la pause de ce midi.
- Si vous voulez, concéda le policier à contre cœur.

Elle sortit une carte de son sac qu'elle lui donna.

- Venez chez moi à douze heures. J'habite à côté. Nous y serons plus à l'aise pour bavarder.

Charles Bonnefeu venait de terminer son meeting. C'était le premier qu'il tenait. Il commençait tôt, prés de neuf mois avant l'élection car Beaulieu lui avait conseillé de labourer sa circonscription en profondeur. Il était déçu : seuls un couple de personnes âgées, deux quadragénaires et une jeune beur en jean et parka verte avaient fait le déplacement pour l'écouter.

Lorsqu'il eut fini de parler et que les participants eurent posé quelques questions sans intérêt, Bonnefeu proposa de boire le pot de l'amitié. les deux hommes et le couple se dérobèrent prétextant des obligations. Le proviseur se tourna alors vers la jeune femme.

- *Et vous mademoiselle, puis-je vous offrir un verre ? .*

Il lançait cette invitation par politesse car il était persuadé qu'elle refuserait. Elle le regarda d'un air étrange et accepta sa proposition. Il la conduisit dans un café situé juste à côté du lieu où il avait tenu sa réunion.

- *Que prenez-vous ?*
- *Une bière.*
- *Vous n'êtes pas pratiquante ? Le prophète n'interdit pas l'alcool ?*
- *Je vois ! Vous avez en tête le cliché beur = fanatique islamique. Il y a autant de musulmans que de catholiques qui sont indifférents vis à vis de leur religion.*

Le garçon s'approcha et Bonnefeu commanda deux demis. Il se sentait mal à l'aise car il n'avait pas l'habitude de se retrouver seul dans un café avec une jeune femme.

- *Il y avait peu de monde à la réunion, remarqua-t-il.*
- *Heureusement que je suis venue alors !*
- *Vous vous intéressez à la politique ?*
- *Enormément mais je ne voterai pas pour vous !*

- *Ah !*

Ils se sourirent.

- *Je suis une écologiste convaincue.*
- *Vous étiez l'opposante chargée de porter la contradiction ? Pourtant, Vous n'avez pas pris la parole !*
- *Le public n'en valait pas la peine.*

Le garçon revint et déposa deux bocks devant eux.

- *Je vous ai eu comme professeur.*
- *Il y a bien vingt ans que je n'enseigne plus ! Vous ne me semblez pas si vieille.*
- *Merci ! J'apprécie le compliment mais j'aurais trente-sept ans le mois prochain.*
- *Comment vous appelez-vous ?*
- *Yasmina El Kanbi.*

Il fit un effort pour se souvenir mais ne réussit qu'à éveiller un vague écho dans sa mémoire.

- *Je ne me rappelle plus de vous, avoua-t-il piteusement.*

Elle rit.

- *Au moins vous êtes sincère.*
- *Vous n'êtes pas venue pour me contredire mais parce que j'ai été votre professeur ?*
- *Pas seulement. Je me demandais ce que vous êtes venu faire dans cette galère.*
- *Que voulez vous dire ?*
- *Beaulieu est une crapule !*
- *Ah non ! C'est un chic type ! Je me suis engagé en politique uniquement parce qu'il me l'a demandé. Il est différent de toutes les nullités prétentieuses qui se disent hommes politiques et que j'ai côtoyé jusqu'à présent.*
- *Vous êtes naïf !*

Dominique Beaulieu répéta une nouvelle fois.

- Je suis désolé Martine mais je ne peux rien faire pour vous. Intervenir auprès de la police pour leur demander de vous laisser tranquille ne servirait à rien et serait même contre productif. J'en suis le premier désolé.

A l'autre bout du fil, madame Bonnefeu s'indigna.

- Mais ils ont leur coupable ! Pourquoi ne s'en contente-t-il pas ?
- Ils vont clore l'affaire dans quelques jours. Pour l'instant ils brassent du vent pour se donner l'illusion de l'action mais ils vont bientôt se calmer.

Il ne pouvait pas bien entendu téléphoner à Vaugas pour se plaindre. Le procureur serait trop content de cette intervention.

- Portez-vous partie civile. Prenez un avocat, conseilla-t-il. Envoyez-le protester auprès du juge d'instruction mais, à mon avis, pour l'instant, Richier reste dans son rôle.
- Comme c'est l'épouse du commissaire qui est en charge de l'affaire ma requête finira à la poubelle ! Bref je vais devoir supporter ce maudit policier jusqu'au bout, maugréa-t-elle en raccrochant.

Le maire se leva et alla se poster à la fenêtre de son bureau. Il aimait la vue qu'il y découvrait : la ville qui s'étalait en contre bas la cathédrale encore à moitié noircie malgré les travaux de restauration qu'il avait lancés, les maisons qui se tassaient autour de l'édifice religieux. Ce tableau qu'il ne se lassait pas de regarder donnait un sens à sa lutte.
Lorsqu'il avait eu cinquante ans, il avait traversé une crise existentielle. Il avait brillamment réussi dans les affaires. Il avait bâti un empire qui s'étendait des télécommunications aux médias. Il était un homme en vue encensé par les journaux pour ses succès. Mais un beau matin il s'était réveillé et s'était demandé : qu'as-tu fait de ta vie ?
Il avait pris conscience de l'égoïsme de sa réussite. Il s'était enrichi, mais n'avait rien fait pour les autres, au contraire. Ses reprises en main d'entreprises en difficultés s'étaient fait dans la douleur en licenciant à tour de bras. Brusquement il ne trouvait plus rien dans ce qu'il avait accompli dont il se sente fier.
Il aurait pu comme certains industriels financer des œuvres philanthropiques, se donner bonne conscience en sacrifiant une partie de sa fortune. Mais il trouvait cette forme d'action superficielle et sans implication réelle.
Il avait choisi une autre voie : il avait décidé de mettre ses compétences au service de tous en se faisant élire maire. Il ne cherchait pas la renommée ou la gloire : il les avait déjà. Il voulait juste gérer une ville infiniment mieux que ceux qui l'avaient précédé. Son attitude était dictée par l'orgueil et pleine de mépris mais il en avait cure. Il avait soigneusement choisi Valenciennes. Cette ville était exactement ce qu'il cherchait, une région ravagée par la crise, prête à constituer un laboratoire pour ses idées, un marchepied qui le propulserait aux plus hautes fonctions de l'état. Il s'y était implanté en étant peu regardant sur les moyens utilisés mais il n'avait pas le choix : s'il avait utilisé des méthodes classiques, il aurait été balayé par les urnes et n'aurait rien pu bâtir. Contrairement à beaucoup de politiciens, l'élection n'était pas pour lui une fin mais un début et en trois ans il en avait fait plus que ses prédécesseurs en vingt ans. Mais il n'était pas encore

satisfait ; il visait plus haut. Il était en train de prendre son envol au niveau national et voilà que cette affaire risquait de compromettre le bel édifice qu'il construisait patiemment. Non ! Il ne laisserait pas Vaugas détruire ce qu'il avait bâti. Qu'il instille le soupçon et détruise son aura et tout le travail accompli retomberait comme un soufflé ! Ceux dont il avait un instant sorti la tête de l'eau replongeraient et cette fois-ci définitivement. Non ! Il devait tout faire, pour empêcher Vaugas de lui nuire !

Philippe Villard avait appris en traînant dans le café prés du tribunal que le procureur allait donner une conférence de presse et il avait, bien entendu, décidé de s'y rendre. Il s'installa dans un coin à l'ombre d'un pilier. Vaugas entra pile à l'heure fixée et s'installa au pupitre.
En dehors de Villard, il y avait trois journalistes de la presse locale et un cameraman de la télévision régionale. Le regard du magistrat se posa sur Philippe. Il eut peur d'avoir été remarqué lorsqu'il avait suivi le magistrat et sa famille à la messe, mais Vaugas détourna la tête. Il se racla la gorge et sorti un petit feuillet qu'il se mit à lire.

- Madame, messieurs, j'ai préféré vous recevoir dans cette salle, plutôt que de donner à chacun des informations parcellaires. Je le ferais désormais chaque fois que cela s'avérera nécessaire. L'enquête sur la mort de monsieur Bonnefeu progresse. Nous avons reçu le rapport d'autopsie. La culpabilité de monsieur Bonchard que les différents journaux ont présenté comme établie ne l'est pas, en réalité, Elle n'est pas encore écartée mais elle semble peu probable. L'enquête se dirige maintenant vers les activités politiques de monsieur Bonnefeu.

Vaugas leva la tête et ôta ses lunettes pour signifier qu'il avait fini. Il avait soigneusement pesé les termes de son communiqué et attendait à présent les questions. La journaliste leva la main et le magistrat lui donna la parole :

- Monsieur Bonchard serait donc innocent ?
- Nous n'avons aucune certitude. Nous poursuivons nos investigations.
- Monsieur Beaulieu, qui patronnait en politique la victime, est-il mis en cause dans cette affaire ?

Vaugas espérait cette question et avait méticuleusement préparé sa réponse.

- Monsieur le maire de Saint Pierre sera prochainement entendu et je pense qu'il pourra faire progresser l'enquête. Pour l'instant, rien n'indique qu'il est mêlé à cet assassinat mais aucune piste n'est écartée.

Le procureur remit ses lunettes, satisfait de la bombe qu'il avait lancée. Richier ne pourrait le déjuger et serait contrainte de convoquer l'homme politique. Villard prit des notes à toute allure pour retenir les termes exacts que le magistrat avait employés. Son esprit travaillait à toute allure. Les allusions de Vaugas étaient trop explicites pour que les journalistes locaux les ignorent. Non seulement la presse de la région mais aussi les journaux nationaux, ravis du scandale, allaient se précipiter dans la brèche et il fallait d'urgence allumer un contre feu.

Ils avaient bavardé toute la soirée et Bonnefeu, d'habitude si pressé n'avait pas songé à regarder sa montre. Elle lui avait proposé de venir chez elle regarder la photo de classe où il posait à ses côtés. Il avait accepté en se gardant bien de réfléchir. Elle habitait un petit appartement au-dessus d'un garage. Il apprécia la façon dont elle l'avait décoré et lui en fit le compliment.

- *Vous avez du goût ! On dirait un appartement témoin.*

Elle rit devant la tournure de sa phrase et alla chercher la photographie. Il se revit plus jeune de vingt deux ans. Ses cheveux étaient alors bruns.

Elle était assise à coté de lui, l'air sage et appliqué. Quelques anecdotes sur cette année lui remontèrent à l'esprit et il les évoqua avec elle. Il ne regarda sa montre qu'au bout d'un long moment et fut stupéfait qu'il fut si tard.

- *Je dois filer !*

Il se dirigea vers la porte mais elle lui barra la route et plaqua contre sa bouche un baiser. Il resta quelques instants sans parler, comme frappé par la foudre.

- *Mais pourquoi ? finit-il par marmonner.*
- *Parce que j'en avais envie depuis très longtemps !*

Lorsqu'elle était son élève, elle avait éprouvé pour lui un sentiment qu'elle avait pris à l'époque pour de l'amour. Elle n'avait pas oublié cette pseudo passion adolescente même si elle avait, avec le recul, relativisé ses sentiments. Elle y pensait parfois avec nostalgie, comme le symbole d'une époque heureuse à jamais envolée.

Dés que Yasmina l'introduisit dans son salon, Gérard eut la confirmation du lien qui unissait le proviseur à l'enseignante car une photo de Bonnefeu trônait sur la table basse. Voyant qu'il regardait le cadre, elle s'en saisit et le lui donna.

- C'est moi qui l'ai prise. J'étais son amie. Après le décès de sa femme, à l'issue d'un délai raisonnable, nous aurions vécu ensemble. Je n'attendais pas ce moment avec impatience, bien au contraire. Je souhaite que son épouse vive le plus longtemps possible. Et ce qu'il me donnait me satisfaisait pleinement.

Lors de leur troisième rencontre, ils firent l'amour. Cela arriva naturellement comme une conclusion logique de l'histoire qui naissait entre eux. Alors qu'ils reposaient côte à côte ; elle lui demanda en riant :

- *As-tu souvent trompé ta femme ?*
- *Non ! Deux fois avant toi ! Mais les autres c'étaient des accidents. Ce n'est pas la même chose avec toi.*

Elle se serra contre lui.

- *Moi non plus je n'ai pas eu beaucoup d'amants et avec toi c'est différent.*

Elle retrouvait l'émerveillement de ses quinze ans lorsqu'elle était amoureuse de son trop beau professeur d'histoire.

Yasmina se tamponna les yeux avec son mouchoir.

- Pardonnez-moi. Je n'arrive pas à me faire à l'idée qu'il est mort.
- Comment avez-vous appris sa disparition ?
- Hier, en lisant le journal du dimanche. Mais je me doutais de quelque chose. Je l'attendais samedi soir. S'il avait été encore en vie, jamais il ne m'aurait laissée sans nouvelles. Quel que soit le problème rencontré, il se serait débrouillé pour me contacter !
- Avez vous une idée de l'identité du meurtrier ?
- Ce n'est pas le prof l'assassin ? Celui qui s'est suicidé ?

Il crut déceler une pointe d'ironie dans le ton de sa voix.

- Sa culpabilité n'est pas établie. Votre ami se sentait-il menacé ?
- Non, pas à ma connaissance.
- Un témoin a affirmé qu'il déchantait de son engagement politique. Avez vous des informations à ce sujet ?
- C'est moi qui lui aie ouvert les yeux et lui ai montré qui était vraiment Dominique Beaulieu. Il allait donner une conférence de presse et expliquer pourquoi il renonçait à se présenter aux cantonales. Beaulieu était sur le point d'être démasqué !
- Que lui avez-vous appris ?
- Je lui ai révélé la façon dont notre maire a conquis son fauteuil !
- C'est à dire ?
- Il a acheté la ville mais il ne l'a pas payé très cher !

Elle se leva du fauteuil où elle était assise pour gagner un canapé de cuir jaune où elle s'installa, une jambe repliée sous elle. Elle expliqua sentencieusement comment l'homme d'affaire avait réussi à s'imposer. Il avait d'abord repris le club de football de la ville. En y investissant des fonds judicieusement utilisés, il avait permis au VAFC de monter en deuxième division et de jouer une demi-finale de la coupe de France. Il s'était ainsi fait connaître des valenciennois. Mais malgré la renommée qu'il avait acquise, il plafonnait dans les sondages. Il avait alors déclenché la grosse artillerie. Il avait suscité en sous mains la formation d'une liste dont le seul but était de tirer à boulets rouges sur le maire sortant en dénonçant sa gestion, son inaction, son alcoolisme et ses maîtresses. Officiellement Beaulieu n'avait aucun lien avec cette liste. Il se donnait même le beau rôle en déplorant les attaques personnelles que subissait son adversaire. Enfin il avait neutralisé le parti socialiste en faisant désigner un candidat à sa botte. Yasmina parlait avec fougue et ses yeux brillaient.

- Comment a-t-il fait pour influencer un mouvement concurrent, l'interrompit le policier.

La jeune femme eut un rictus. Elle expliqua que les militants socialistes choisissaient les candidats aux fonctions électives par un vote interne. Le soir du scrutin, une quarantaine de nouveaux membres avaient subitement fait leur apparition. C'étaient des jeunes et des chômeurs qui pour la plupart avaient pris leurs cartes directement auprès des instances départementales, en court-circuitant la section locale. Ils avaient apporté leurs suffrages à un homme que la jeune femme qualifia aimablement d'ectoplasme et qui avait, selon elle fait tout pour ne pas être élu. A l'époque elle était membre du parti socialiste mais avait démissionné tant elle avait été écœurée.

- Ce candidat avait-il des liens affichés avec Beaulieu ?
- Bien sûr que non ! Mais il n'a pas fait campagne ou plutôt une campagne terne et sans éclats ! Il a refusé de faire liste commune avec les communistes ! Et même après le premier tour, alors que la gauche avait une chance d'emporter la mairie, il a rejeté la fusion des listes pour une raison oiseuse, un cas unique en France ! Depuis, il a accepté de présider une commission que Beaulieu a lancée ! On ne peut pas plus trahir la gauche !
- Avez vous des preuves de ce que vous avancez ?
- Il suffit d'étudier le dossier pour en être convaincu ! En épluchant les listes présentées aux municipales, j'ai trouvé un frère parmi les néo-socialistes qui ont imposé le candidat de Beaulieu, une sœur sur la liste chargée de détruire le maire sortant et le père de ces deux jeunes gens membres du comité de soutien à Beaulieu.

Elle s'arrêta quelques instants pour jauger de l'effet produit sur son interlocuteur par ses révélations avant de poursuivre sur un ton moins passionné. Elle apprit au policier que Manor, l'ancien maire avait retiré sa liste au dernier moment alors qu'il avait proclamé urbi et orbi sa volonté de se maintenir au deuxième tour. Les communistes malgré la défection socialiste avait alors une chance d'emporter la mairie en profitant des divisions de la droite. Manor est allé à la sous-préfecture bien décidé à déposer sa candidature. Il y a reçu un mystérieux coup de fil qui l'a fait brusquement changé d'avis. Selon certains, l'appel provenait de Beaulieu qui aurait menacé de s'en prendre aux enfants de l'ancien maire si ce dernier persistait à se maintenir.

- Voilà ce que colporteraient les amis de Manor mais je n'ai aucun moyen de vérifier si cette rumeur est vraie ou pas. Je ne fais que vous la rapporter.
- Personne n'a dénoncé cette situation ?
- Qui pouvait le faire ? Beaulieu a acheté les journalistes ! Acheté n'est pas le terme. Disons que tout le monde est sous son charme. Il a anesthésié les consciences. Il est vrai qu'il gère bien la ville et que personne a quoi que ce soit à lui reprocher de ce point de vue !
- Votre ami a-t-il informé le maire qu'il allait retirer sa candidature ?
- Oui ! J'ai mis longtemps à convaincre Charles. Mais un incident l'a décidé brusquement. Le petit journal local que contrôle Beaulieu a publié un article diffamatoire contre le candidat socialiste. Charles a protesté après du maire mais ce dernier s'est révélé fuyant. Il a alors décidé de tout laisser tomber. Mais il voulait d'abord avoir une grande explication avec Beaulieu afin de lui donner une chance de se défendre.
- Cette rencontre a eu lieu ?
- Je l'ignore ! Il devait prendre rendez-vous. Je l'aurais su samedi s'il était venu me voir.
- Décidément se dit Gérard, Vaugas a raison : une audition de Beaulieu s'impose !

VII

Alors qu'il était déjà sorti sur le palier, Charles Bonnefeu se retourna et demanda à son amie :

- *De te mettre en ménage avec un homme qui a vingt ans de plus que toi ne te fait pas peur ?*

Elle sourit devant son air inquiet.

- *Je suis bien avec toi ! Je ne cherche pas plus loin.*
- *Et de vivre avec un chrétien ne te posera pas de problèmes ?*
- *Ta question est encore plus idiote que la précédente. Je n'ai rien à faire de la religion ! File ! Ta femme va s'inquiéter, dit-elle en refermant la porte sur lui.*

La religion avait une influence plus importante dans la vie de Yasmina qu'elle ne voulait l'admettre. Elle aurait été incapable de nouer une relation avec un musulman car elle avait à l'esprit l'exemple de sa mère. Lorsqu'elle avait rencontré son mari, sa maman avait cru qu'il était intégré à la société occidentale. Il buvait et n'allait pas à la mosquée. Mais Mounir El Kanbi avait changé. Il était devenu pieux et avait contraint sa femme à mettre le voile, elle qui ne l'avait jamais porté. Il aurait voulu faire de même avec sa fille, mais Yasmina s'était rebellée. Son adolescence n'avait été qu'une succession de scènes. Dès qu'elle avait pu, elle était partie, refusant le mariage arrangé que son père voulait lui imposer. Elle se disait parfois lorsqu'elle regardait lucidement sa vie, qu'elle n'avait jamais réellement transgressé les tabous paternels. Elle n'avait pas osé se mettre en couple avec un chrétien, avoir des enfants, et défier ouvertement l'Islam. Elle était restée dans les confins de l'interdit, sans franchir la frontière.

Au moment où le policier s'en allait, elle lui confia.

- Même hier, lorsque les journaux écrivaient que vous suspectiez le prof, j'étais persuadée que Beaulieu était à l'origine du meurtre.
- Pourquoi ?
- Il est capable de tout pour briser ceux qui se mettent en travers de son chemin.
- Irait-il jusqu'à faire abattre un homme dont le seul tort serait de se désister aux cantonales ?
- Attendez ! Pour Beaulieu c'était bien plus grave qu'un simple désistement ! Charles allait dénoncer le système que le maire a mis en place ! Il allait briser la carrière de Beaulieu. Or ce dernier vise très haut, jusqu'à l'Elysée. La défection de Charles et sa dénonciation de ses

magouilles électorales allait lui porter un coup mortel ! Beaulieu ne l'aurait admis sous aucun prétexte. Il ne vit que pour son ambition politique et est obsédé par son destin qu'il croit national ! Il n'a aucun scrupule !

- Faire tuer un homme est un acte bien plus grave que de magouiller pour se faire élire ! Peu sont capables de mettre leurs critères moraux sous le boisseau et d'ordonner un meurtre !

Intriguée, la secrétaire du proviseur examina la lettre. Elle se demanda ce qu'elle contenait car elle était anormalement lourde. Elle déchira l'enveloppe brune et poussa un cri strident. Prise de panique, elle sortit de son bureau en hurlant.

Pris dans les embouteillages, Gérard n'arriva au lycée qu'un quart d'heure après qu'on l'ait prévenu par téléphone. Le gendarme artificier qu'il avait fait convoquer l'avait déjà précédé et examinait la bombe. Il se retourna quand Gérard entra dans le bureau de la secrétaire.

- Bonjour commissaire, le dispositif de mise à feu n'était pas branché. Celui qui a envoyé cet engin ne voulait apparemment pas faire de victimes. Il aurait pu relier cette languette à l'enveloppe et transformer en bouillie le visage de celui qui aurait ouvert la lettre.

Il s'écarta pour permettre au policier d'examiner la lettre piégée.

- Dispositif primitif mais très efficace, reprit le gendarme. De la poudre sûrement récupérée dans des pétards, quelques clous, et un système mise à feu instantané par piezzo-allumage. Cet engin est rustique et facile à confectionner. Plus volumineux et placé au bon endroit il peut provoquer un massacre.
- Cela dénote un certain savoir-faire.
- Oui et non. On trouve sa description sur Internet. Il y a toujours des imbéciles pour diffuser ce genre de renseignements.

Gérard examina soigneusement la lettre. Un papier était coincé en dessous de la bombe et un texte était écrit sur celui-ci mais Richier gêné par les clous ne parvenait pas à le lire. Avisant une paire de ciseaux posée sur le bureau Richier s'en servit délicatement comme d'une pince pour sortir ce papier car il ne voulait pas déposer ses empreintes sur l'engin. « *Après le proviseur, bientôt les élèves et les profs. H888* » proclamait le texte écrit en rouge par une imprimante.

Si les journaux avaient parlé de l'appel téléphonique, ils avaient tu soigneusement le sigle *H888*. L'affaire devenait sérieuse. Gérard se souvenait des craintes exprimées par sa femme et se sentait impuissant. Ce n'était pas les policiers qu'il avait détachés pour surveiller les entrées et les sorties qui pourraient empêcher un drame de se produire si l'auteur de la lettre avait décidé de passer à l'action.

Sitôt sorti de l'établissement scolaire, il alla voir son épouse au palais de justice car il avait besoin de lui parler et de faire le point. Mais il dut attendre quelques instants le retour d'Hélène partie déjeuner au restaurant administratif.

Lorsqu'il la vit, elle était pâle mais cette pâleur lui allait bien et plus que jamais il se sentit amoureux. Il n'arrivait pas à expliquer cet amour. Il était irrationnel et absurde.

- As-tu mangé, chéri ?
- Non, je n'ai pas encore eu le temps avec cette visite au lycée. J'achèterai un sandwich.
- Cette lettre piégée me tracasse. As-tu découvert des indices en examinant l'engin ?
- Non : le texte a été tapé sur un ordinateur et la lettre déposée à la grande poste de Valenciennes. L'enveloppe est banale et il s'en vend des dizaines chaque jour dans la ville. Peut être que l'équipe scientifique trouvera des empreintes mais il ne faut pas rêver.
- Si c'est un adolescent qui est derrière ceci, remarqua Hélène cassante, il a sûrement fait des erreurs. Ce n'est pas un professionnel !

Il n'aimait pas le ton blessant qu'elle prenait trop souvent dans l'exercice de ses fonctions. Elle cherchait toujours à prendre en défaut son interlocuteur, à le rabaisser. Le pire était qu'Hélène n'en était pas consciente.

- Espérons-le ! A mon avis, *H88* n'est pas l'assassin.
- Pourquoi ?
- Celui qui a tué le proviseur aurait-il hésité à défigurer quelqu'un ? Son attitude ne serait pas logique. Non ! Nous avons affaire à un adolescent qui s'amuse. Avant hier il a revendiqué le meurtre et hier il a envoyé une bombe dont il a sûrement trouvé le mode de fabrication sur Internet afin de valoriser son coup de fil. Sans doute pensait-il depuis longtemps à une farce de ce genre et a-t-il sauté sur l'occasion. Il n'ira pas plus loin !

Gérard était par nature optimiste et son épouse lui reprochait de ne voir que le bon coté des choses.

- Une farce ! Enlève ce mot ! Il joue peut être au chat et à la souris avec nous. Un jour il tue. Le lendemain il envoie une lettre non amorcée avant de franchir un autre degré dans l'horreur.

Cette hypothèse sembla peu crédible à Gérard mais il préféra changer de sujet.

- Yasmina El Kanbi était la petite amie de Bonnefeu et elle m'a fourni des informations très intéressantes. Vaugas va être content.

Il la mit au courant mais le visage de la jeune femme se rembrunit au fur et à mesure qu'il avançait dans son récit.

- Vas-tu convoquer Beaulieu ? demanda-t-il un peu surpris par sa réaction.
- Vaugas m'a joué un tour de cochon, marmonna-t-elle. Il a donné une conférence de presse indiquant que Beaulieu était sur le point d'être entendu. J'étais tellement en colère contre ses propos que j'ai publié un communiqué indiquant que rien pour l'instant dans le dossier ne justifiait une audition de Beaulieu.
- Merde ! Tu vas avoir l'air de te déjuger.
- C'est de sa faute ! Jamais, il n'aurait dû parler à la presse sans m'en avertir.
- Nous devrons pourtant interroger Beaulieu. Il faut savoir si Bonnefeu l'a informé de son souhait de retirer sa candidature.
- Je ferais ce que j'ai à faire et quand je le déciderai !

Gérard se mordit la lèvre. Il savait par expérience qu'il ne devait pas la contrarier. Il préféra se taire plutôt que d'engager une polémique avec elle.

- Le chien. As-tu des nouvelles du vétérinaire ?
- Oui ! Lebeuf m'a téléphoné. Il m'a donné le nom du poison. C'est un désherbant qu'on trouve facilement dans les grandes surfaces.
- Puisque Bonnefeu les suspectaient d'avoir tué son chien, tu vas interroger les internes et effectuer une perquisition dans leurs casiers. En fait, il faudrait perquisitionner chez tous les élèves de ce lycée, sans en excepter un seul pour savoir s'il y en a pas un qui est fasciné par les armes et les explosifs. Comme c'est impossible, tu te rabattras sur les internes
- Et Beaulieu ? osa-t-il demander après un petit temps de silence.
- Rends-lui visite à son hôtel de ville, une rencontre discrète à l'abri des journalistes. Suivant les réponses qu'il te donnera, je le convoquerai officiellement.
- Je vais commencer par les internes.

Il retarderait le plus longtemps possible la confrontation avec le maire de Valenciennes afin que sa femme ne subisse pas, le cas échéant, un désaveu trop cinglant. Au moment de partir, il se rappela l'envoi anonyme.
- Montre-moi la lettre que tu as reçue ce matin, celle qui t'a donné le nom de la copine de Bonnefeu.

Elle sortit le dossier qui la contenait. Comme pour l'envoi d'*H888*, rien ne permettait d'en identifier son auteur. Mais Gérard aurait parié sur Lefils. Il n'avait pas eu le courage de l'informer directement de la liaison du proviseur.

Villard attendit un bon quart d'heure au lieu de rendez-vous avant qu'un coupé sport ne s'arrêta à sa hauteur. Beaulieu ouvrit la portière.
- Montez. Je suis pressé !

La voiture démarra avant que le journaliste n'ait pu boucler sa ceinture.
- Je vous emmène visiter les jardins de Dutemple. Je suis très fier de cette réalisation. Vous devriez en tirer un bon papier.

Le journaliste sortit une feuille de la sacoche qu'il avait emmenée avec lui.
- J'ai préparé un article. Je l'ai intitulé «l'*obsession du petit procureur*». Je n'attends plus que votre feu vert pour le publier. Nous pourrions mettre à côté un encadré sur cette réalisation.
- Lisez-le.

Il s'exécuta à contrecœur. Il n'aimait pas lire en voiture surtout que la conduite sportive et nerveuse de Dominique Beaulieu n'arrangeait rien. Lorsqu'il eut fini, il se sentait nauséeux.
- Pas mal ! Vous avez bien fait de citer toutes ces anecdotes. Et cette juge qui le désavoue, sitôt sa conférence de presse terminée, c'est du pain béni.
- On le publie ? L'inconvénient c'est qu'il attirera l'attention sur vous.
- Ai-je le choix ? Les déclarations de Vaugas braquent les feux des projecteurs sur moi. Je préfère prendre les devants. Le premier papier sur une affaire donne souvent le *la*. Vous me laisserez un exemplaire de votre article. Je l'enverrai à d'autres journalistes qui s'en inspireront. Si je suis placé en garde à vue, il faut que j'en retire l'auréole du martyre.

Beaulieu était maussade. Il sentait que les mesures qu'ils prenaient n'étaient que des pis allers. Le mal était fait. Il y aurait désormais avant l'affaire Bonnefeu et après l'affaire Bonnefeu.

La voiture s'arrêta dans un grand crissement de pneus.

Encore secoué par son voyage, Philippe Villard sortit du véhicule. Dutemple était un faubourg déshérité de Valenciennes, coincé entre la voie ferrée et l'autoroute et qui ne possédait que deux rues permettant d'y entrer ou en sortir. L'ancienne municipalité avait construit ce quartier pour y reloger les habitants d'un îlot insalubre proche du centre ville. Beaulieu depuis qu'il avait jeté son dévolu sur Valenciennes était fasciné par ce quartier. Il y voyait la justification première du combat qu'il avait engagé. Il y venait souvent et y traînait ses visiteurs.

Il s'était garé sur une place qu'il faisait fleurir, à l'instar des places du centre ville. Il avait rétorqué avec colère à ceux qui s'en étonnaient que les habitants de Dutemple avaient droit comme les autres à la beauté.

Contrairement aux prédictions, il n'y avait pas eu de vandalisme et les habitants avaient respecté les plantations. Mais ce massif de roses détonnait au milieu des habitations délabrées.

- Voilà les jardins de Dutemple.

Le maire désignait du bras une série de parcelles mal entretenues.

- Avant c'était un terrain vague. Je l'ai fait labourer et j'ai créé une cinquantaine de lopins que j'ai fait enclore. Les habitants reçoivent des graines et des conseils et ils cultivent leurs propres légumes. Grâce à leurs jardins ils se nourrissent à moindre frais. On a donné aussi des poules et des lapins à ceux qui le voulaient, dit-il en désignant des cabanes de tôles ondulées.

Machinalement, Villard prit des photos.

- Voilà comment j'envisage l'aide aux défavorisés reprit le maire. J'applique le principe «*aide-toi le ciel t'aidera* ! »

Il se mit à pleuvoir et Villard referma les pans de son imperméable. Le contraste était saisissant entre le massif de roses et les parcelles envahies de mauvaises herbes que Beaulieu qualifiait de potagers.

- Il faut que vous interrogiez un habitant du quartier sur ses plantations. Désignez-moi une maison au hasard.
- La deuxième en partant de la droite.
- D'accord.

Le maire traversa la rue et alla frapper à la porte ainsi désignée. Une femme âgée d'une cinquantaine d'année, maigre et décharnée, lui ouvrit.

- Ah ! Charlotte, dit-il, j'ai avec moi un journaliste qui voudrait vous poser des questions sur votre jardin.

Villard comprit pourquoi Beaulieu avait tenu à lui faire choisir une maison au hasard. Il voulait lui montrer qu'il connaissait chacun des habitants de la rue. Bien qu'il ne fut pas dupe de cette astuce de politicien, le journaliste était impressionné par la capacité de mise en scène du maire de Valenciennes. Il sortit son carnet et un stylo.

- Cultivez-vous ce jardin depuis longtemps ?
- Depuis six mois.
- Avez-vous obtenu des récoltes ?
- Oui des salades, des haricots verts, et des tomates. Bientôt j'aurai des pommes de terre.
- Comment va votre fils, Charlotte ? interrogea le maire.
- Il a replongé ! Il prétend que non mais moi je sais qu'il a replongé.
- C'est triste.
- Je pensais qu'il avait définitivement décroché. Ah ! La drogue, c'est de la saloperie.

Beaulieu tapota sur l'épaule de la femme.

- Gardez courage, La rechute n'est que provisoire. Je suis sûr qu'il s'en sortira.

Villard regardait avec attention le maire. Sa compassion semblait réelle. Il sortait vraiment du lot commun des politiciens. Il y avait en lui quelque chose qui le rendait profondément humain.

- J'ai de quoi faire un bon article dit Villard alors qu'ils revenaient vers la ville. Vaugas en paraîtra d'autant plus ridicule.
- Cela ne l'arrêtera pas pour autant ! Il veut me détruire ! Il se moque complètement des habitants de Dutemple !

Villard était intrigué par le pessimisme de Beaulieu.

- Mais vous n'avez rien à vous reprocher !
- Bien sûr ! Mais Vaugas s'en moque !

Mal à l'aise, le journaliste se demanda une nouvelle fois jusqu'où son interlocuteur était impliqué dans le crime. Son défaitisme lui semblait trop grand pour un innocent.

Lorsque Richier revient au lycée, c'était l'heure de la rentrée des élèves. Un flot bigarré et bruyant submergeait la lugubre porte de fer peinte en vert et qui donnait accès à une cour intérieure. Deux policiers en tenue contrôlaient les sacs des lycéens. Leur présence était dérisoire. Ils ne pourraient pas faire grand chose si *H888* avait décidé d'agir. Gérard avait en tête plusieurs scénarios : un élève qui ouvre brusquement le feu, un sac jeté sur la foule et qui contiendrait une réplique en plus grand de la bombe envoyée par courrier. Sauf à fermer le lycée, on ne pourrait empêcher l'apprenti terroriste de commettre un nouvel attentat.

Gérard se rassurait en se disant que le pire ne s'était pas produit d'emblée Les étudiants de Littleton avaient perpétré leur massacre sans

avertissements. Pourquoi *H888* aurait-il envoyé sa lettre piégée s'il méditait de commettre un attentat meurtrier ? Cela ressemblait plus à un adolescent qui jouait au chat et à la souris qu'à un tueur psychopathe.
En soupirant, le commissaire se dirigea vers les bureaux de l'administration.

Le proviseur adjoint qui assurait l'intérim de Bonnefeu écarquilla les yeux lorsque Richier lui présenta sa requête.

- Vous souhaitez perquisitionner les dortoirs et les casiers des internes ! Vous les soupçonnez d'être mêlé au crime ou à l'envoi de cette bombe ?
- Pas plus que vos autres élèves mais je dois vérifier les casiers en leur présence.
- Je connais mes internes ! Aucun n'est mêlé à ces affaires. J'en donnerai ma main à couper ! Vous allez les traumatiser inutilement ! Mais je suppose qu'il est inutile que je proteste ! A quelle heure souhaitez-vous effectuer votre perquisition ?
- A l'heure qui créera le moins de perturbation pour vos cours.
- On ne pourra que limiter les dégâts ! Je vous propose de le faire maintenant.
- D'accord.
- Dés que vous aurez quitté le lycée, je serais submergé par les réclamations des parents ! Ils seront indignés qu'on traite leur enfant comme un terroriste ! J'espère que votre juge a bien pesé le pour et le contre.
- Vous oubliez la lettre de ce matin ! Si un attentat se produit, vous en aurez encore plus de parents qui dénonceront notre laxisme et notre inertie !
- Mais de là à inspecter les casiers de tous les élèves comme s'ils étaient des poseurs de bombe en puissance ! C'est disproportionné !
- La voix qui a revendiqué le meurtre était celle d'un jeune homme.

Il défendait d'autant plus véhémentement la décision de sa femme qu'il n'était pas lui-même convaincu de son bien fondé. Même si *H888* était un interne, ce n'est pas au lycée qu'on trouverait des preuves de son activité !

Chaque fois que les policiers fouillaient un casier, un surveillant amenait le propriétaire. Gérard faisait avec l'intéressé l'inventaire de ce qu'il trouvait. Il s'efforçait de détendre l'atmosphère mais ses plaisanteries tombaient souvent à plat car les adolescents étaient nerveux et inquiets. La découverte de nombreux paquets de cigarettes alors qu'il était interdit de fumer au

lycée ajouta au malaise. Systématiquement les policiers vérifiaient en les humant que les cigarettes ne contenaient pas de haschich.
Lorsqu'on amena Stéphane Halek un adolescent de grande taille et qui était affublé d'un nez qui lui mangeait toute la figure, Richier se dit que l'élève paraissait vraiment sûr de lui et arrogant.

- La France est devenue une dictature, lança-t-il agressif aux policiers. On est traqué partout, même dans les dortoirs.
- Nous faisons juste notre travail, rétorqua en souriant le commissaire.

Les deux inspecteurs qui accompagnaient Richier ouvrirent le casier d'Halek. Des livres et des habits y étaient mélangés. L'ensemble dégageait une odeur de transpiration et de renfermé. Avec précaution les policiers sortirent les affaires et les déposèrent sur le lit.
« *Les parents de ce garçon ne lui refusent rien* » se dit Gérard en voyant la marque des vêtements.
Soudain l'un des inspecteurs trouva un petit sachet rempli d'une poudre blanche. Il l'ouvrit, le huma et le tendit à Gérard en disant :

- Cocaïne.

Gérard se tourna vers l'adolescent qui s'était raidi.

- Ce n'est pas à moi ! affirma-t-il.

Mais sa protestation manquait de conviction. Le proviseur adjoint qui assistait à la perquisition était décomposé.

- Ce n'est pas possible, murmura-t-il !
- On l'a placé dans mes affaires. Je n'ai rien à voir avec cela ! Je vous le jure ! martela le lycéen.
- Continuons la perquisition, ordonna Gérard.

La fouille reprit sous les protestations d'innocence de l'élève. Quand le placard fut entièrement vidé, l'un des inspecteurs sortit de sa poche un canif et gratta un dépôt verdâtre qu'il amena sous son nez.

- Est ce de la drogue ? demanda Gérard.
- Non ! Je ne le pense pas.

Il fit disparaître l'échantillon dans un sachet de plastique.

Lorsque le casier d'Halek eut été passé au peigne fin, Gérard ordonna à ses subordonnés de continuer la perquisition sans lui. Il demanda une salle au proviseur adjoint qui lui prêta son propre bureau. Il emmena Halek avec lui à travers les couloirs du lycée sans prêter attention aux protestations véhémentes de l'étudiant. Arrivé dans la pièce qu'on lui avait allouée, Gérard le fit asseoir dans un fauteuil et prit place en face de lui en croisant les mains devant sa figure. Le garçon ne semblait pas abattu par les événements.

- Alors ! Allez-vous nier l'évidence ou préférez-vous qu'on évalue ensemble ce que vous avez fait ?
- On m'a joué un sale tour !
- Etes-vous majeur, Halek ?
- Oui depuis un mois.
- On va effectuer sur vous des prélèvements d'urine et de sang. Nous saurons très vite si vous vous droguez ou pas.
- Chiche. Vos analyses ne trouveront rien.
- Vous réserviez la drogue pour votre usage personnel ou vous en faisiez commerce ? Je pencherais plutôt pour la deuxième hypothèse. La quantité trouvée est trop importante pour constituer une réserve personnelle.
- Je ne suis pas un dealer !
- Vos camarades parleront. Ne comptez pas sur leur silence. Nous saurons très vite la vérité. Alors autant avouer spontanément et collaborer. Les juges en tiendront compte.
- Je ne vais pas m'accuser de crimes imaginaires pour vous faire plaisir ! Je n'ai rien à voir avec la cocaïne. Et mes camarades vous confirmeront que je suis clean !
- Vous faites la politique de l'autruche. Tant pis pour vous. Vous serez vite confronté à la réalité. Est-ce vous qui avez empoisonné le chien du proviseur ? Le dépôt vert est peut être un reste de désherbant.
- Et alors ?
- Le chien a été tué avec du désherbant.
- Vous allez m'accuser de tous les crimes ! Pourquoi pas de l'assassinat du proviseur pendant que vous y êtes !

C'était une hypothèse qu'il fallait envisager bien qu'elle fut assez improbable.

- Avant de vous conduire au commissariat, nous allons vous emmener à l'hôpital afin d'y effectuer des prélèvements de salive et d'urine, reprit le policier. Si vous êtes innocent, vous serez vite mis hors de cause, sinon tant pis pour vous. Je vous ai tendu une perche. Vous n'avez pas été capable de la saisir.

Sitôt Halek parti, Gérard retourna voir les inspecteurs qui continuaient les perquisitions. Mais ils avaient terminé leur tâche sans rien découvrir de nouveau.
Richier décida d'interroger un à un les internes. Il commença par celui qui occupait le box voisin de celui d'Halek dans le dortoir. C'était un garçon aux cheveux coupés courts et qui semblait apeuré. Le commissaire s'efforça de le rassurer.

- Je ne vais pas vous retenir plus longtemps. Vous allez bientôt retourner en cours. Halek vous a déjà proposé de la drogue ?
- Non.
- Saviez-vous qu'il en prenait ?
- Non.
- Saviez-vous que de la drogue circulait dans le lycée ?
- Non.

Gérard soupira. Le garçon ne semblait pas disposé à coopérer. Il essaya sans conviction une nouvelle question.

- Vous n'avez rien remarqué de particulier au sujet d'Halek.

L'adolescent déglutit et hésita, avant de lâcher.

- Il sortait !
- Quand sortait-il ?
- La nuit. Il nous disait qu'il rejoignait sa petite amie.
- Faisait-il souvent le mur ?
- Tant que le chien du proviseur rôdait dans le lycéen il ne l'a fait que rarement. Il se méfiait. Il s'est fait surprendre plusieurs fois par le chien. Mais depuis un mois, il découchait, une nuit sur deux.
- La mort du chien a été une bénédiction pour lui !
- Comme pour tout le monde ! Avec ce clébard, c'était une vraie prison ce lycée. Il ne manquait plus que des miradors pour nous surveiller.
- Est-ce Halek qui l'a empoisonné ?
- Je n'en sais rien !
- Les armes le passionnent ?
- Je ne sais pas !
- Affiche-t-il des idées extrémistes ?
- Aucune idée.
- Avez-vous autre chose à m'apprendre ?
- Non.

Le commissaire soupira et libéra son interlocuteur.

VIII

Les parents d'Halek habitaient un coquet pavillon à une dizaine de kilomètres de Valenciennes. La demeure était bâtie sur une petite butte de terre et était entourée d'un parc arboré qui était encore beau bien qu'on fût en automne. Lorsque Gérard sonna, une femme d'une quarantaine d'année vient ouvrir la belle porte en bois verni.

- Bonjour madame, dit le commissaire en tendant sa carte professionnelle. Etes-vous madame Halek ?
- Oui, haleta-t-elle. Est-il arrivé quelque chose ? A mon mari ? A mon fils ?
- Madame, lors d'une perquisition conduite au lycée de votre fils, nous avons découvert de cocaïne dans ses affaires. Il est actuellement interrogé au commissariat.

Il s'attendait à des cris de protestation mais la mère d'Halek réagit calmement et ouvrit la porte en grand pour les faire entrer. Richier et Lebeuf pénétrèrent dans la maison en s'essuyant machinalement les pieds. Le hall était grand. Il était pavé d'un joli marbre blanc.

- Je suis désolé de vous imposer cette épreuve, madame, mais je dois perquisitionner votre maison
- Un jour ou l'autre, je savais que cela arriverait. Je ne suis pas surprise que vous ayez découvert de la drogue dans ses affaires.
- Vous aviez des doutes ?
- C'est rare qu'une mère dénonce son enfant mais j'ai failli le faire. Vous ne trouverez rien ici. Il se méfie.
- Pourquoi vouliez-vous le dénoncer ?
- Il y a un an, en rangeant la chambre de mon fils, j'ai trouvé un peu de Hachisch et un revolver caché derrière une pile de livres. Le ciel m'est alors tombé sur la tête.
- Qu'avez-vous fait ! Et qu'est devenue cette arme !
- Je suis restée hébétée devant mes découvertes. Thomas m'a trouvée ainsi lorsqu'il est rentré du lycée. Il m'a raconté une histoire sans queue ni tête : il m'a dit qu'il voulait juste tenter une expérience avec la marijuana, juste pour voir, mais que finalement il ne l'avait pas consommée. Quant à l'arme, elle appartenait à un ami. Il me l'a reprise et m'a dit qu'il allait la rendre à son propriétaire.

Madame Halek éprouva le désir de fumer. Elle alla chercher son sac à main. Elle sortit un paquet de cigarettes, en prit une l'alluma mais elle ne la porta pas à la bouche.

- Je suis restée le reste de la journée enfermée dans ma chambre à réfléchir. Lorsqu'il est revenu, mon mari a cru que j'étais malade. J'ai été incapable de lui avouer la vérité. J'ai parlé à Thomas. Je l'ai averti que je fouillerai désormais régulièrement ses affaires et que si j'y trouvais la moindre chose interdite, je le dénoncerai à la police.
- Quelle a été sa réaction ?
- Il a rit et il m'a embrassée. Il dit que cela n'arriverait plus jamais. Qu'il avait fait une bêtise en ramenant chez nous le haschich et le revolver de son copain, mais qu'il ne recommencerait pas.
- Vous l'avez cru ?
- Non ! Je savais qu'il me mentait. Oh ! J'étais sûre de ne plus rien trouver chez nous. Il est bien trop malin pour prendre un tel risque mais je me doutais qu'il continuait ses affaires dans son coin.
- Pensez-vous qu'il se drogue ?
- Je ne l'ai jamais vu présenter les symptômes : les pupilles dilatées et le reste. Je me suis renseignée et depuis un an chaque fois que je le vois, je l'épie. Je traque les signes révélateurs mais je n'en ai vu aucun.

Gérard se dit que la mère se berçait d'illusions. Peut être qu'Halek ne consommait pas régulièrement des substances illicites et qu'il n'en était pas dépendant mais il avait dû y goûter.

- Avait-il des problèmes particuliers ?

Elle baissa les bras en signe d'impuissance.

- Aucun ! Nous formons une famille heureuse, unie, et il n'a jamais manqué de rien.
- Avait-il besoin d'argent ?
- Qu'en aurait-il fait ? Nous lui avons toujours donné ce qu'il demandait !
- Avez-vous une explication à son attitude ?

Elle alla s'appuyer contre le mur de l'entrée avant de répondre :

- J'ai réfléchi pendant des jours et des jours en me demandant pourquoi Thomas s'était procuré une arme. J'ai fini par me dire qu'il n'y a pas forcément de réponses aux questions qu'on se pose. Notre époque a la manie des explications. Si un garçon tourne mal c'est parce que ses parents étaient désunis et ne l'ont pas aimé assez ou c'est la faute à la société qui ne l'a pas comprise ou je ne sais quelle sottise du même ordre. On apprivoise ainsi le mal. On l'explique. On le contient. On se dit que c'est un accident, qui n'aurait pas dû se produire. Mais ce sont que des excuses pitoyables. Mon mari et moi nous avons toujours fait ce qu'il fallait pour Thomas. Nous l'avons aimé comme il le convenait. Nous ne sommes pas coupables, personne n'est coupable sauf peut être Thomas.

Elle baissa les yeux et regarda le dallage.

- Nous allons commencer la perquisition, si vous le voulez bien madame.
- Par où voulez-vous commencer ? Par la chambre de Thomas ?
- Oui, pourquoi pas.

En les guidant dans l'escalier, elle remarqua en soupirant :

- Je me doutais qu'il y avait anguille sous roche quand il a demandé l'année dernière à être pensionnaire.

Sur le seuil de la porte de la chambre, elle ajouta :

- Vous allez me trouver étrange mais je suis soulagée que vous soyez venus. Je n'ai jamais parlé de ces problèmes à personne ! A personne ! Je rumine depuis un an sans me confier à qui ce soit.
- Pourquoi n'avez-vous pas averti votre mari ?
- A quoi bon le plonger dans l'enfer dans lequel je vivais ? Il ignorait tout. Il était heureux. Pourquoi aurais-je gâché son bonheur ? Maintenant il va savoir.

Comme elle l'avait prévu, ils ne trouvèrent rien dans la maison, ni drogue ni armes. Aucun des livres de Thomas Halek ne glorifiait le troisième Reich ou n'exaltait les vertus viriles ou guerrières. Les policiers emportèrent néanmoins l'imprimante couleur et l'ordinateur afin de les analyser. Les experts retrouveraient dans la mémoire électronique de l'ordinateur la trace des sites Internet consultés.

La perquisition terminée, Richier retourna au commissariat. L'inspecteur chargé de l'interrogatoire d'Halek lui apprit que l'adolescent avait continué à nier farouchement toute implication dans le trafic de cocaïne.

- J'ai vu votre mère, Halek lui apprit-il.
- Alors, elle est en larmes ?
- Elle m'a parlé du revolver qu'elle a trouvé dans votre chambre. L'avez-vous encore ?
- C'est une veille histoire. Il y a bien longtemps que je l'ai rendu à son propriétaire.

- Qui est ?
- Un copain.
- Son nom ?
- Je ne le donnerai pas. Je ne veux pas lui créer d'ennui.
- Vous vous moquez de moi ? Vous rendez vous compte de ce que vous dites !
- Je ne cherche pas à me moquer de vous !
- Quelle était la marque de l'arme ?
- Je n'en sais rien ! Je n'y connais pas grand chose ! C'était un revolver, c'est tout !

Il répondait sur un ton narquois et plein d'assurance. Il crânait. C'était encore un enfant qui ne distinguait pas complètement le jeu de la réalité.

- Vous êtes dans de sales draps, Halek. Vous avez intérêt à parler. La justice en tiendra compte.
- Mais je n'ai rien fait !
- Nous trouvons de la drogue dans vos affaires et nous apprenons que vous déteniez une arme et vous prétendez n'y être pour rien ! Votre défense ne tient pas debout.
- La vérité n'est pas toujours vraisemblable.

Pris dans une spirale infernale, avait-il commis un meurtre ? Etait-il *H88* ? Ces hypothèses devaient être approfondies même si elles étaient peu probables. Voyant qu'il ne pourrait plus rien tirer de l'adolescent, Richier décida de retourner au lycée interroger ses camarades. Il fallait vérifier l'emploi du temps du lycéen le matin du meurtre.

- Vous souvenez-vous du matin où le proviseur est mort ? demanda Gérard à l'interne qui occupait le box situé à côté de celui d'Halek. Je voudrais préciser certains points de détails. Comment avez-vous appris le meurtre ?

Le jeune homme respira très fort avant de répondre.

- Un de nos camarades en passant dans le hall a surpris une conversation entre les concierges. Il nous a prévenus. Au début nous croyions à une blague.
- Vous l'avez donc su très peu de temps après le crime.
- Oui.
- Le meurtre a eu lieu vers sept heures dix. Où étaient les internes à ce moment là ?

- Dans leurs boxes ou dans les sanitaires. Le petit déjeuner n'est servi qu'à sept heures quinze. On se réveille vers sept heures et on se prépare en vitesse.
- Où était Halek ?
- Je l'ignore !
- Vous ne l'avez pas entendu bouger dans le box d'à côté ou vu dans les sanitaires ?
- Je n'ai pas fait attention. Je l'ai peut être entendu ou croisé mais je ne me le rappelle plus.
- Vous souvenez-vous du moment où vous avez remarqué pour la première fois la présence d'Halek ?
- Non. Je n'avais aucune raison particulière de m'intéresser à lui.
- Halek a-t-il parmi les internes un ou plusieurs camarades qui lui soient proches et qui seraient susceptible d'avoir remarqué sa présence ce matin là.
- Essayez Benoît Raffer. C'est son meilleur ami.

Benoît Raffer formait un contraste saisissant avec Thomas Halek. Il était bourré de tics nerveux et affublé d'un défaut de prononciation : il zézayait.
- Le jour de l'assassinat du proviseur, à quel moment avez-vous vu Halek pour la première fois ?
- Pourquoi me demandez-vous cela ! Vous le soupçonnez ?
- C'est notre travail de vérifier toutes les pistes et de soupçonner tout le monde. Nous voulons juste établir la vérité, et l'innocenter s'il n'est pas coupable. Alors quand avez-vous vu Halek pour la première fois.

Raffer semblait partagé mais il ne répondit rien.
- De quoi avez-vous peur ? D'Halek ?
- Oh non !
- De nous ?

Le lycéen eut un petit rire gêné mais ne dit rien.
- Nous n'inventons pas les preuves. Nous cherchons les éléments à charge et à décharge.
- Je ne peux pas vous aider ! Je ne me rappelle de rien.
- En général, à quel moment le voyez-vous pour la première fois de la journée.

Raffer se tint coi.

- Allons ! Vous vous en souvenez quand même de cela ! Halek est votre ami !
- La plupart du temps, quand je termine de déjeuner ! Il a beaucoup de mal à se lever.
- A quelle heure se situe cette fin de petit déjeuner ?
- Sept heures vingt-cinq, trente.
- Le jour du meurtre Halek était-il en retard comme d'habitude ?
- Je ne sais pas !
- Je vous remercie.
- Je peux partir ?
- Oui. Mon but n'est pas de vous persécuter.

Il se leva hésitant. Il semblait animé par un intense débat intérieur.

- Il est arrivé en retard ? N'est ce pas et vous n'osez pas l'avouer.
- Non ! Il était en avance ! cria Raffer avant de sortir.

Le commissaire le rattrapa dans le couloir.

- Il n'est jamais arrivé à l'avance avant ce jour là ?
- Si parfois, enfin pas souvent.

Raffer était vraiment très mal à l'aise et le commissaire n'insista pas. Il le laissa partir. Halek avait eu le temps de commettre le meurtre puis de se présenter au réfectoire dès l'ouverture. Il décida de convoquer à nouveau le premier interne qui était, malgré ses réticences, le plus coopératif des élèves qu'il avait interrogés. Les autres étaient muets.

Mais le lycéen était furieux de devoir une nouvelle fois s'expliquer et lui jeta un regard noir.

- Comment sort-on du lycée sans passer par la porte d'entrée ?

L'autre soupira à haute voix et maugréa quelque chose que Richier ne comprit pas. Il promit :

- Je ne révélerais rien à votre direction. Je souhaite juste connaître les habitudes des internes.
- Ce lycée est une passoire. Il existe plusieurs points de passage. Il y a par exemple un escalier de secours qui fait un coude ou alors on peut ouvrir une fenêtre du rez-de-chaussée et escalader ensuite la grille qui ceinture les bâtiments.

Richier remercia son interlocuteur et se précipita chez le concierge. Il lui demanda de lui faire le tour du lycée et de lui montrer toutes les fenêtres qui donnaient sur l'extérieur. Le commissaire n'était pas encore capable de se repérer dans l'établissement scolaire. Ils firent le tour consciencieusement. Le jour déclinait et la pluie qui tombait rendait encore plus lugubre cette fin de journée. Le concierge finit par conduire le policier dans un couloir. En regardant par la fenêtre, Richier reconnut l'endroit où était mort le proviseur. Halek aurait pu guetter sa victime, caché entre deux fenêtres et bondir lorsqu'elle arrivait.

- D'ici, comment va-t-on au réfectoire.
- Vous prenez cette porte là. Vous sortez dans la cour et longez un bâtiment sur votre droite. L'entrée de la cantine se trouve au bout.

En cinq minutes, Halek avait le temps d'abattre le proviseur et de gagner le réfectoire.

Richier entra dans le palais de justice alors que la nuit tombait. Sa femme l'attendait dans son bureau. Il l'avait prévenue par téléphone de son arrivée.

- Alors demanda-t-elle qu'ont donné tes interrogatoires ?

Il la mit au courant comme toujours avec force détails et conclut :

- Je n'ai aucun témoignage contre Halek, ni de début de preuves. Mais personne ne prétend l'avoir aperçu au moment du meurtre. On ignore où il était. J'ai questionné tous les internes et le personnel de service ce jour là.
- Tu le crois capable d'assassiner quelqu'un ?
- Non ! Mais je ne suis sûr de rien !
- J'ai reçu le rapport de la balistique. Les balles ont été tirées de très prés. Je suis allée vérifier sur place pendant que tu perquisitionnais chez les Halek. J'ai été frappée par le fait que le tueur avait sa main proche de la grille.
- Si Halek est coupable, il a passé l'arme à travers les barreaux et tiré.
- En effet ! Bonnefeu l'a peut être surpris en train de vendre sa drogue ou découvert qu'il avait trempé dans l'empoisonnement du chien et le gamin l'a supprimé pour qu'il ne parle pas. Le mobile se tient.

Hélène fixait son mari les lèvres pincées, avec cet air quelque peu hautain qu'elle prenait souvent pendant son travail.

- Sincèrement, je vois mal un adolescent organiser et commettre un tel assassinat, reprit Gérard.
- Cherche le revolver ! Si c'est lui, il l'a, qui sait, dissimulé dans le lycée.
- Pourquoi aurait-il gardé de la drogue dans son casier et mis l'arme dans un autre endroit ?

- Il a caché le revolver sitôt son crime perpétré car c'était impossible pour lui de le garder avec lui. Imagine qu'un de ses camarades l'ai vu pendant qu'il déjeunait !
- Il lui aurait fallu beaucoup de sang froid pour agir ainsi. Il n'a que dix-huit ans. Il est bien jeune pour être un criminel endurci.
- Je ne suis pas d'accord avec toi ! Certains malheureusement sont capables très jeunes de commettre le pire.
- Quel était le type de l'arme employée ?
- Un magnum B16.
- Le genre de revolver qu'on se procure facilement en frappant à la bonne porte.

Elle remit ses lunettes. Son regard devenait vague et fuyant, signe que son mal être l'envahissait à nouveau au fur à mesure qu'elle quittait, en pensée, sa fonction de juge.

- Gérard, imagine que nous avons un fils et qu'il devienne un voyou !

Il se remémora les réflexions de madame Halek sur l'origine de la dérive de son fils. Seraient-ils plus à l'abri ? Il s'approcha d'elle et la prit dans ses bras.

- Toute naissance est un risque. On ne sait jamais quand on fait un bébé, s'il sera plus tard un génie, un criminel ou un être qui ne sortira pas de l'ordinaire. C'est parce que des millions d'êtres prennent chaque jour ce risque que la vie continue.

Mais Hélène refusait l'aléa. Elle voulait que son avenir soit planifié dans ses moindres détails, qu'il n'y ait aucune surprise, qu'aucun accroc et que le fleuve de sa vie s'écoule sans incidents jusqu'à son terme. C'était impossible mais elle refusait cette évidence et se cognait contre les imprévisibles parois de la réalité.

Dominique Beaulieu avait demandé à sa secrétaire de décommander ses rendez-vous. Il voulait rester seul pendant une heure. Il avait envoyé un chauffeur de la mairie acheter à la librairie Relay de la gare, l'édition du journal du soir «*le temps*» L'article de Villard y était publié. Beaulieu en connaissait le contenu, puisque le journaliste lui avait envoyé un fax avant sa publication, mais le maire de Valenciennes voulait par lui se rendre compte de l'effet produit par la pagination.

L'article était placé en rubrique intérieure. Après mûre réflexion, Villard avait inversé la hiérarchie des articles. Il avait écrit un papier dithyrambique sur les jardins de Dutemple dont la charge contre le procureur n'était qu'un appendice. Chacun des mots avait été choisi avec soin pour orienter la pensée du lecteur dans le bon sens. Villard avait bien travaillé, mais

Beaulieu se sentait mal à l'aise. Même ridiculisée, l'accusation implicite du procureur avait été lancée et elle allait produire insidieusement ses effets.

Quand Vaugas rentra chez lui, il était en colère. Sa femme Jocelyne s'en aperçut dés qu'elle s'approcha pour l'embrasser. Il sortit un journal de sa serviette et le brandit.

- Regarde ce que Beaulieu a fait écrire dans un quotidien à sa botte.

Jocelyne trouva très vite l'article qui provoquait l'ire de son époux. Elle le lut très lentement en s'appliquant. Lorsqu'elle releva la tête, son mari explosa :

- Avec de l'argent, on peut tout acheter !
- Tu t'y es mal pris avec la juge, Fabien !
- Que veux-tu dire ?
- Tu n'aurais jamais dû donner cette conférence de presse sans l'avertir ! J'ai failli te le dire mais je n'ai pas osé.
- En tout cas Beaulieu est une belle ordure !
- Tu lui as donné des verges pour te battre. L'argument principal qu'utilise le journaliste pour te discréditer est ta conférence de presse et le communiqué du juge qui a suivi.
- Beaulieu ne l'emportera pas au paradis !
- Laisse la juge mener sa barque, chéri. N'interviens plus. Elle a son caractère. Respecte-la. Ton erreur depuis le début est de vouloir la contrôler.
- Mais je n'ai pas le droit de laisser Beaulieu s'en tirer comme cela !
- Le défaut de cet article est qu'il est trop appuyé pour qui connaît les dessous de l'affaire. Pour Richier, il risque de jouer le rôle d'un chiffon rouge agité devant un taureau. Vu l'indépendance dont elle fait preuve, il l'incitera surtout à s'intéresser de plus prés à ton maire.

Le jeune homme passa en sifflotant devant les policiers en faction devant la porte du lycée, puis, afin de mieux les observer, s'appuya contre un arbre et alluma une cigarette. Les deux gardiens de la paix n'étaient pas très attentifs et ne surveillaient que d'un œil distrait les allées et venues des élèves. En fin de journée, ils seraient saturés et leur vigilance se relâcherait encore plus. Une idée follement excitante flottait dans l'esprit du jeune homme mais il se demanda s'il allait avoir assez de cran pour la mettre en pratique.

Madame Halek guettait le retour de son mari par la fenêtre. Quand elle entendit sa voiture arriver, elle ouvrit la porte et alla à sa rencontre. Elle l'avait prévenu sitôt les policiers partis. Il avait abandonné la réunion auquel il participait à Dunkerque pour rentrer à Valenciennes.

- Quelqu'un a dû placer la drogue dans les affaires de Thomas. Ce n'est pas possible !
- Ne te fais pas d'illusions !
- Il est incapable d'avoir fait cela, hurla-t-il, pathétique, au bord des larmes.

Elle l'attira contre lui et l'enlaça.

- Ni toi, ni moi ne connaissons vraiment Thomas, dit-elle. C'est un étranger pour nous ses parents.

Elle connaissait les réactions de son mari et était capable de les prédire à l'avance, mais la personnalité profonde de son fils lui échappait complètement.

IX

Lorsque Gérard revint à Wallon le lendemain matin, la foule des lycéens lui sembla un peu moins joyeuse que la veille. Les consignes de prudence qu'on leur avait donné, les mises à gardes de leurs professeurs, la descente de police chez les internes, avaient dû marquer les esprits. «*Tant mieux* » se dit Gérard. «*Ils feront plus attention devant un cartable ou un sac abandonné* ». Par acquis de conscience il resta un bon quart d'heure devant l'entrée à scruter les visages des lycéens, se demandant chaque fois, s'il n'avait pas affaire à *H88*. Il était partagé. Il y avait de grandes chances pour qu'on ait affaire à plaisantin. Mais il se rappelait à quel point avant l'envoi de la lettre piégée, il était persuadé qu'*H888* ne se manifesterait plus et il avait peur de se tromper à nouveau.

Le proviseur adjoint leva les bras au ciel devant la nouvelle exigence de Gérard.

- Vous voulez fouiller le lycée, monsieur le commissaire ? Faut-il arrêter les cours ? Ou les élèves peuvent-ils rester ?
- Je souhaite surtout inspecter les bâtiments qui se situent entre le couloir situé sous l'appartement des Bonnefeu et le réfectoire. Je préférerai que vous ne les utilisiez pas ce matin.
- Il s'agit du gymnase et d'une dizaine de salles de cours !
- Nous aurons terminé en une demi-journée.

L'adjoint de Bonnefeu soupira :

- Je vais m'arranger. Quand commencez-vous ?
- Dés que possible !
- Monsieur le commissaire, j'ai mené ma petite enquête. Halek n'a jamais vendu de drogue au lycée ! J'en mettrai ma main à couper !

« *Il refuse, d'admettre*», se dit Gérard, «*que son lycée comme d'autre est frappé par le fléau.* »

- Possible, admit prudemment le policier.
- Cet incident est isolé ! Il ne doit pas nuire à la réputation de Wallon ! Les parents nous fuiront s'ils s'imaginent que la cocaïne circule librement chez nous ! Je crains le pire à la rentrée. Vos initiatives risquent de conforter chez les parents l'idée que nous sommes un nid de délinquants !

Richier ne répondit rien et le proviseur adjoint se résigna :

- Si vous permettez, je vais donner un coup de fil au conseiller d'éducation.

Sophie Blanchard la greffière d'Hélène Richier entra dans le bureau de sa supérieure et lui tendit un journal.

- Vous avez lu, madame, l'article en haut de page ?

Hélène prit le quotidien et commença sa lecture. Au fur et à mesure qu'elle découvrait la teneur de l'article de Villard, elle se renfrogna. Mais à la grande déception de sa collaboratrice, elle ne fit aucun commentaire quand elle eut fini et elle lui rendit le journal sans mot dire.

Pendant que les policiers examinaient avec minutie les bâtiments, Gérard fit à plusieurs reprises le chemin entre le couloir et le réfectoire essayant de se mettre à la place d'un adolescent cherchant à dissimuler une arme. Mais les possibles cachettes qu'il imagina se révélèrent vides.

Si Halek avait repris l'arme, pourquoi ne l'avait-il pas mis avec la cocaïne dans son casier ? Les deux étaient pareillement compromettants. Pourquoi cacher soigneusement l'un et pas l'autre ? Au fur et à mesure que la matinée avançait et que les recherches des policiers se révélaient vaines, une idée déstabilisante s'insinua chez le commissaire. Pourquoi s'acharnait-il tant sur cette piste au point de négliger les autres ? Seuls quelques indices ténus accusaient Halek. Il avait peut-être empoisonné le chien et détenu une arme mais cela ne faisait pas de lui un tueur. Il n'était probablement qu'une découverte collatérale sans rapport avec l'affaire principale. Richier sentait qu'il concentrait ses investigations sur le lycée et la traque du revolver parce qu'il souhaitait se retourner le plus tard possible contre Beaulieu et laisser ainsi un délai décent entre le démenti de sa femme et le premier interrogatoire du maire de Valenciennes. Il n'était pas fier de lui. Il espérait découvrir l'arme afin de dédouaner son épouse et prouver sa clairvoyance. Mais un policier n'a pas à souhaiter qu'une piste se révèle plus fructueuse qu'une autre. S'il le fait, il n'est plus objectif et son travail n'est plus correctement fait.

Vers midi, Gérard perdit définitivement l'espoir de retrouver l'arme. Halek n'était pas dédouané pour autant. Il avait pu reprendre le revolver et le jeter ailleurs, dans une bouche d'égout ou une poubelle.

Mais il ne pouvait plus temporiser. Il composa sur son téléphone portable le numéro de la mairie qu'il avait pris la précaution de chercher dans l'annuaire avant de partir travailler. Il eut affaire à plusieurs interlocuteurs avant qu'on ne lui donna le numéro de la ligne personnelle de Beaulieu. Le rendez-vous allait manquer de discrétion mais il n'avait pas le choix ! Lorsqu'il eut enfin le maire au bout du fil et qu'il sollicita un entretien, la voix de ce dernier se tendit :

- A quel moment ?
- Le plus tôt possible.
- J'ai actuellement des rendez-vous que je ne peux remettre. Je vous propose de venir à quinze heures trente à la mairie.
- D'accord !
- Pourriez-vous vous présenter à la porte arrière de la mairie ? Quelqu'un vous y attendra.
- Comme vous voulez !

Beaulieu raccrocha, anxieux. La confrontation avec la police allait avoir lieu. Il devait choisir avec soin ce qu'il allait dire ou ne pas dire. Il pouvait encore sortir indemne de l'affaire ou ne s'en tirer qu'avec de légères égratignures que son aura d'homme nouveau de la politique empêcherait de voir mais il pouvait aussi tout perdre. En proie à une sorte de panique, il se leva de son siège, et alla une nouvelle fois contempler Valenciennes, sa ville qu'il aimait d'un amour passionnel. Quand ses projets politiques étaient dans les limbes et qu'il se cherchait un point de chute, il avait visité cette ville qu'il ne connaissait pas. Lorsqu'il avait découvert les magasins vieillots et dépassés, aux vitrines désuètes, lorsqu'il avait rencontré l'ancien maire incapable et suffisant, lorsqu'il avait vu les carcasses rouillées des usines abandonnées à la sortie de Valenciennes, il avait su qu'il avait trouvé ce qu'il cherchait. Valenciennes avait besoin de lui et il avait besoin de Valenciennes, de sa souffrance et de ses attentes. Beaulieu se sentait enfin réconcilié avec lui-même depuis qu'il était devenu maire. La même lancinante question qui le taraudait depuis que Vaugas l'avait apostrophé sur les marches du lycée battait dans ses tempes. Jusqu'où devait-il dire la vérité aux policiers ? Où devait-il s'arrêter pour qu'ils le laissent tranquille et conduisent ailleurs leurs investigations ?

Le jeune homme regarda les divers ingrédients qu'il avait rassemblés. Sa bombe serait plus complexe à monter que la précédente Il jeta un coup d'œil à sa montre : il devait faire vite. Sa mère reviendrait dans deux heures et risquait de faire un tour au garage.

Villard sortit maussade de son hôtel. Il n'en pouvait plus de parcourir cette ville pluvieuse, dont il commençait à connaître chaque pavé et chaque café. Il avait demandé à Hylain la permission de rentrer à Paris. Mais celui-ci le lui avait refusée. Beaulieu exigeait qu'il reste à Valenciennes.

Il ne comprenait pas cet acharnement. Il ne voyait pas à quoi il servait. Il aurait pu se contenter d'effectuer de brefs voyages dans le Nord en cas de besoin. Il avait écrit son article. A moins que la situation n'évolue, il n'en produirait plus d'autres. Il était saturé d'anecdotes sur Vaugas. Il ne pourrait que se répéter s'il écrivait un nouveau papier sur le sujet.

En marchant à pas lent, sans but de promenade, Villard se dit que pour éviter de périr d'ennui, sa seule ressource était de se renseigner sur l'enquête en cours. Il devait chercher le greffier ou la secrétaire qui lui permettrait de savoir dans quelle direction, étaient conduites les investigations. Faire une telle approche était quelque peu périlleux. Le journaliste n'était pas sûr de frapper à la bonne porte et de ne pas tomber sur un employé trop zélé qui s'empresserait de prévenir ses supérieurs. Il ne souhaitait pas être grillé dés maintenant. Plus tard, si l'affaire prenait de l'ampleur, il courrait moins de risques et sa démarche paraîtrait plus naturelle. Mais Villard était en colère contre ses employeurs et de ce fait moins enclin à la prudence.

Il entra dans le bar qui faisait face au palais de justice. Il y avait désormais ses habitudes et était connu du patron. Celui-ci l'accueillit avec un large sourire.

- C'est vous l'auteur de l'article dans «*le temps* » demanda le cafetier ?
- Oui.
- Vous n'avez pas raté Vaugas.

Villard s'assit au bar et commanda une bière. Il se dit pourtant qu'il buvait trop en ce moment et qu'il devrait se surveiller.

- Je suis toujours à la recherche d'informations sur votre ville. Maintenant je souhaiterai dresser le portrait de la juge Richier, celle qui est en charge du dossier mais je ne la démolirai pas forcément comme je l'ai fait avec le procureur. Vous connaîtriez quelqu'un qui pourrait me parler d'elle ?

La ficelle était un peu grosse mais le cafetier n'y vit pas malice. Il se pencha et murmura dans l'oreille du journaliste.

- Vous avez de la chance, vous. Vous voyez la fille en tailleur rouge, qui vient de s'asseoir prés de la fenêtre. C'est sa secrétaire.

Villard observa quelques instants la jeune femme qui était en train de lire la carte des menus. Il se pencha à nouveau vers le patron pour demander :

- Si je lui avoue que je suis l'auteur de l'article sur Vaugas, elle me crèvera les yeux ?
- Personne n'aime Vaugas.

Villard hésita encore quelques secondes avant de se décider. Après tout, l'occasion était trop belle. Il prit sa bière et alla s'asseoir à la table de Sophie Blanchard. Avant que la jeune femme surprise ait pu protester, il lui dit :

- Qu'est ce qui est le meilleur et le plus cher sur cette carte ? Je vous l'offre.

En même temps il sortit sa carte professionnelle de son portefeuille et le tendit à la jeune femme.

- Philippe Villard, journaliste au *temps*, puis-je avoir un entretien avec vous ?
- Avec moi ?
- Vous être bien la secrétaire de la juge Richier ?
- Sa greffière.
- Alors vous m'intéressez, dit-il cyniquement. N'hésitez pas à commander ce qui vous plaît. Mon journal vous l'offre.

Villard se dit que son entrée en matière était vraiment osée mais Sophie sourit :

- Vous allez le regretter !
- L'argent ne sortira pas de ma poche. Je ne regretterai rien.
- Chiche.

Elle reprit la carte et appela le patron.

- Donnez moi le menu à quarante euros et une bouteille de champagne.
- Donnez-moi le même menu, indiqua le journaliste.
- J'aime le champagne, déclara la jeune femme.

Son sourire était ironique. Elle était visiblement contente de l'avoir pris au mot.

- Que me voulez-vous ?
- Bavarder avec vous.
- A quel sujet ?
- Sur votre patronne par exemple. J'ai déjà écrit un article sur le procureur Vaugas.

Elle se renfrogna.

- Ah ! C'est vous. Vous souhaitez épingler madame Richier à votre tableau de chasse ?
- Je n'aime pas votre expression tableau de chasse. Je ne descends pas forcément ceux dont je parle.

Il regrettait un peu de s'être tant avancé. Il s'était lancé par bravade sous l'effet de la sourde colère qu'il ressentait envers ses employeurs.

- Je bois votre champagne, et je mange le repas que vous m'offrez mais je ne vous raconte rien sur madame Richier. Compris ?

Elle était persuadée qu'il allait retirer son offre et partir mais il lui dédia un large sourire :

- Comme vous voulez !

Sophie était saoule lorsque le repas se termina. Villard avait pris soin de remplir son verre en évitant d'en faire de même pour le sien. Villard ne lui avait posé aucune question sur son travail. Il s'était contenté de raconter des anecdotes sur son métier et de la faire rire tout en lui dressant force compliments. Il avait l'habitude des femmes. Il était célibataire et aimait draguer. Séduire cette provinciale un peu gauche lui paraissait chose aisée. Lorsque le patron amena l'addition, Villard demanda en désignant le doigt de la jeune femme.

- Vous êtes mariée ?
- Oui, et j'ai deux enfants.
- Dommage.

Elle retira son alliance, la mit dans son sac à main et lui jeta un regard de défi.

- Pourquoi dommage ?
- Puis-je vous emmener faire un tour ?
- Oui. J'ai encore un peu de temps avant de retourner travailler.

Ils marchèrent en silence et traversèrent la place d'arme pour se retrouver derrière la mairie. Il ne voulait pas la brusquer. Il était résolu à la laisser filer sans rien tenter pour mieux la circonvenir la prochaine fois.

- En général que fait-on ? demanda-t-elle en rougissant.
- Que voulez-vous dire ?

Elle était gênée.

- Je ne suis pas la première femme mariée que vous draguez. Mais moi c'est la première fois. Je n'ai pas l'habitude.
- Parfois on s'embrasse.
- Embrassez-moi !

Il s'arrêta et la prit dans ses bras. Quand ils se séparèrent, elle rit d'un petit rire nerveux.

- Je n'ai pas vu de différence avec un baiser de mon mari.

- Ce qu'un baiser reste un baiser. On ne peut guère l'agrémenter. Ce n'est qu'avec le reste que je pourrais m'exprimer. Si cela vous tente.

Elle rit une nouvelle fois pour dissimuler sa gêne.

- Etes-vous sérieux ? Ou plaisantez-vous ?
- Les deux.

Elle se rembrunit.

- Que me voulez-vous exactement ?
- Je vous l'ai dit : bavarder avec vous.

Elle s'énerva.

- Dites-moi la vérité. Ce que vous cherchez réellement à obtenir de moi.
- J'aimerai obtenir quelques tuyaux sur le déroulement de l'enquête sur l'assassinat de Bonnefeu Vous êtes idéalement placée pour m'en fournir. Je suis comme tous les journalistes, avide de nouvelles.
- Et vous pensiez que j'allais vous en donner !
- Je n'en savais strictement rien. J'ai tenté ma chance et comme vous êtes jolie, j'ai essayé également de vous séduire.
- Arrêtez de me passer de la brosse à reluire !

Villard lui dédia un sourire enjôleur.

- Si vous étiez un boudin, je ne vous aurais pas fait tous ces compliments. Ce n'est pas mon genre de mentir.
- Vous espériez obtenir de moi des renseignements en me payant de belles paroles ?. Vous vouliez me faire l'amour et en prime ce soit moi qui vous récompense en vous aidant !

Villard n'aimait pas le ton que prenait la conversation. Sophie était irritée contre lui. Il se mordit les lèvres. Il n'aurait jamais dû tenter cette manœuvre. Il avait fait preuve d'imprudence.

- Non, Sophie. Je n'avais aucune arrière pensées en vous abordant. Je tâtais juste le terrain. J'aime badiner avec des jolies femmes. Je le fais souvent et la plupart du temps cela ne va pas très loin. Même pas aussi loin que le baiser que nous avons échangé.
- Et avec un homme comment faites-vous pour lui soutirer des renseignements ?
- Souvent les gens aiment bavarder et ils livrent spontanément les informations qu'ils détiennent. Et je rémunère parfois mes interlocuteurs.
- Vous leur donnez de l'argent ?
- Rarement. La rémunération peut prendre des formes diverses, repas au restaurant, bouteilles de vin, cadeaux, place de spectacles.

- Donner des renseignements est un jeu dangereux. On est vite repéré !
- Détrompez-vous ! La plupart des fuites restent impunies. Personne ne vous soupçonnera si vous acceptez de parler. Les confidences peuvent provenir d'une dactylo du palais de justice ou du commissariat ou d'un policier. Si vous saviez le nombre de gens dont on ne se méfie pas et qui détiennent des renseignements importants.

L'ivresse fit naître une idée folle dans la tête de Sophie.

- Venez, dit-elle j'ai quelque chose à vous montrer.

Elle le conduisit au pas de charge jusqu'à la place Froissard et lui désigna du doigt un ensemble bleu azur dans la vitrine du magasin Anita Liso.

- Vous voyez ce tailleur ? Achetez le, réservez une chambre dans un hôtel et venez me prendre à la fin de mon travail à dix-sept heures. Je veux le trouver dans la chambre. Je fais du quarante-deux.

Elle repassait souvent devant ce magasin pour contempler ce tailleur dont le prix était inabordable pour elle. Philippe la regarda, stupéfait. Il n'aurait jamais imaginé qu'elle se comporterait ainsi. Elle soutint son regard et avoua :

- Je ne devrai pas dire cela mais j'ai envie de vous. Et ces vêtements seront payés par votre journal, n'est ce pas ?
- En effet.
- Le prix vous paraît-il exorbitant ?
- Il est peu élevé, mais ce n'est pas grave et moi aussi j'ai envie de vous.
- Mais vous, il y a beaucoup de femmes dont vous avez envie ? Pas moi. Au risque de passer pour une idiote, vous êtes le premier homme que je désire en dehors de mon mari.

Il rit et cela la mit mal à l'aise. Elle regarda sa montre.

- Je me sauve sinon je serais en retard.
- Je vous attendrai, ce soir, en face de votre lieu de travail.
- Soyez discret, implora-t-elle.

Il leva l'index et le brandit en sa direction.

- Ne me faites pas faux bond, jolie dame.
- Il n'y a pas de danger, dit-elle en serrant les dents.

Elle s'éloigna d'un pas vif, redoutant le moment où les vapeurs d'alcool s'évaporeraient.

Gérard regarda l'heure. Il était deux heures et quart. Son téléphone n'avait pas sonné donc il ne s'était rien passé à Wallon, Il se détendit. Tout lui disait que le danger d'attentat était faible mais il ne pouvait s'empêcher de penser à *H888* chaque fois que revenaient les heures d'entrée et de sortie du lycée.

Le gardien de la paix introduisit Halek dans le bureau d'Hélène et lui retira les menottes.

- Asseyez-vous, ordonna la juge.

Halek avait les yeux cernés. Visiblement il n'avait pas dormi de la nuit. Hélène remarqua qu'il n'arborait plus cet air arrogant, dont son mari lui avait parlé.

- Ecoutez-moi bien Halek. Je vais passer avec vous un marché. Vous me dites la vérité et je ne vous envoie pas en prison. Mais si vous hésitez ou si vous me ressortez les fables que vous avez servies aux policiers pendant votre garde à vue, je serais impitoyable car vous ne me laisserez pas le choix.

Elle brandit une feuille de papier.

- J'ai le résultat de vos analyses. On a trouvé des traces de cocaïne dans vos urines. Vous n'allez pas encore prétendre que vous n'en consommez pas.

Halek sembla accuser le coup. Hélène continua sur un ton vif.

- Savez-vous ce que c'est que la prison ? L'expérience que vous venez de vivre au commissariat n'est qu'un pâle avant-goût de que vous connaîtrez là bas. Je ne cherche pas à vous faire la morale. C'est à vous de choisir et de ne pas vous tromper. Quoique vous ayez fait, il vaut mieux nous l'avouer. La justice appréciera. Elle ne cherchera pas à vous accabler mais à vous punir en compromettant le moins possible vos chances de réinsertion. Alors Halek, pourquoi aviez-vous de la drogue dans votre casier.

Le lycéen baissa la tête. L'avocat que ses parents avaient engagé intervint :

- Parlez, Thomas c'est dans votre intérêt. Rappelez-vous ce que je vous ai dit.
- J'en consommais de temps en temps, dit Halek en regardant ses pieds, en période d'examen par exemple pour me simuler.
- Vous en faisiez aussi le commerce ! Vous en aviez trop pour une consommation personnelle !
- Mon fournisseur m'a proposé de devenir l'un de ses revendeurs. Il voulait que j'inonde le lycée. Mais c'était trop risqué. Je vendais la came dans une boite de nuit «*le calypso* ».
- Avez-vous beaucoup de clients ?

- Pas trop. Je n'ose pas aborder de nouvelles têtes. Je me méfie. Pour l'instant, j'observe plus que je ne vends.
- Pourquoi votre fournisseur vous a-t-il confié cette mission ?
- Il me l'a proposé au fil d'une discussion. Il cherchait de nouveaux débouchés. Je lui ai dit que cela me semblait facile.

Halek, au fur et à mesure qu'il se livrait, retrouvait un peu de son aplomb. Il commença à regarder Hélène dans les yeux.

- Quelles étaient vos motivations en acceptant ?
- Me faire de l'argent.
- Pourquoi ? Vos parents ne vous en donnaient pas assez ?
- Ce n'est pas pareil. Je voulais gagner de l'argent par moi-même !
- En répandant la mort ? Avez-vous empoisonné le chien du proviseur, Thomas Halek ?

Le lycéen hésita quelques instants. Mais il savait que le dépôt verdâtre trouvé dans son casier allait l'accabler.

- Oui. Il m'empêchait de sortir la nuit.
- Donnez-moi le nom de votre fournisseur de drogue !
- Jamais ! Je ne suis pas une balance.
- Avez-vous peur de lui ? On vous protégera.
- Non je n'ai pas peur. Mais je ne le donnerai pas. En aucun cas ! Vous pouvez m'emprisonner si vous voulez. Me garder en taule pendant un an ou deux je ne dirais rien. Il m'a fait confiance. Je ne le trahirai pas.

Elle s'énerva.

- Vous avez une étrange conception de l'honneur ! Vous vendez un produit dangereux et vous prétendez protéger un pourvoyeur de mort ?
- Ceux qui se droguent le font en toute connaissance de cause. Ils prennent leurs responsabilités. Ce n'est pas aux autres à penser à leur place.
- Réfléchissez, Halek.
- C'est tout réfléchi ! Vous pouvez faire de moi ce que vous voulez, répondit-il d'un air buté.
- Parlez-moi de l'arme qu'a trouvée votre mère.
- Je ne donnerai pas le nom du copain qui me l'a filé !
- Vous recommencez à me raconter des histoires ! La fable de l'ami qui vous prête une arme est invraisemblable.
- Elle est véridique pourtant, mais les choses ne se sont pas passées comme je l'ai raconté aux policiers.
- J'écoute votre nouvelle version.

- L'arme appartenait au père d'un copain, qui est inscrit dans un club de tir. Le père est parti à l'hôpital pour un mois. J'ai loué l'arme à mon camarade.
- Loué ?
- Oui ! Je lui ai filé cents euros pour qu'il me la laisse. Le père n'était pas là. Il n'avait jamais su que l'arme avait quitté son atelier.
- Et qu'avez-vous fait quand vous avez eu ce revolver à votre disposition ?
- Je me suis entraîné dans les bois.
- Et vous avez versé cent euros pour vous exercer au tir !
- Oui. Le marché était honnête.

Elle nota quelque chose sur une feuille et demanda.

- Quelle était la marque de l'arme ?
- Un Weston B5.
- Donnez-nous le nom de votre ami afin que nous vérifiions auprès de lui votre histoire.
- Non je ne le ferai pas, dit-il d'un air buté.

Il demanda après quelques instants de silence.

- Vous allez m'envoyer en prison ? N'est ce pas ?

L'avocat intervint.

- Il est jeune, madame le juge, il n'a pas encore bien pris conscience de la gravité de ses actes.
- Il m'a l'air très mûr au contraire, répliqua d'un ton sec Hélène.

Elle réfléchit quelques instants. Les propos d'Halek étaient plus crédibles que ceux qu'il avait servi aux policiers pendant sa garde à vue. Reflétaient-ils pour autant la vérité ? Rien n'était moins sûr. Hélène pesa le pour et le contre et prit sa décision.

- Je ne vais pas vous envoyer en prison, Halek. Enfin pas pour l'instant. Pour les faits qui vous sont reprochés vous encourrez une peine avec sursis. Mais vous serez astreint à un contrôle judiciaire très sévère. Vous n'aurez plus le droit de retourner le lycée dont vous serez probablement exclu. Vous n'avez pas le droit de rencontrer vos camarades ni aucun des protagonistes de l'affaire. Oubliez la cocaïne. Si vous ne respectez pas une seule de ces dispositions, je serai impitoyable.

Halek se redressa sur sa chaise et reprit son air arrogant. Hélène regretta fugitivement sa décision et se dit que ni Gérard ni Vaugas n'auraient fait comme elle.

IX

Beaulieu en personne attendait le commissaire derrière la porte vitrée de l'entrée annexe de la mairie. Il sortit dés qu'il le vit pour aller à sa rencontre. Le commissaire se dit que Beaulieu tenait vraiment à ce que sa visite reste secrète, mais cela l'arrangeait.
Le maire s'efforçait de paraître, comme à son habitude, souriant et décontracté. Il conduisit le policier à travers un dédale de couloir jusqu'à un bureau tapissé d'un papier défraîchi.

- Alors, dit Beaulieu en invitant d'un geste son visiteur à s'asseoir dans un fauteuil de cuir noir, pourquoi désirez-vous me voir ?

Ils n'avaient échangé jusqu'alors que des propos de circonstance.

- Quand avez-vous rencontré Charles Bonnefeu pour la dernière fois ?
- La veille du meurtre.

Après un long débat intérieur, Beaulieu avait choisi de ne pas cacher cette entrevue. Il avait peur que les policiers n'apprennent son existence par un autre canal. Gérard hocha la tête. Le renseignement était capital et il n'espérait pas l'avoir si vite.

- De quoi avez-vous parlé ?
- Des problèmes afférents à sa campagne électorale.
- Vous a-t-il averti qu'il allait retirer sa candidature ?
- On n'en était pas là ! Il était juste irrité contre moi. Un journal, qui me soutient, a publié un article qu'il trouvait diffamatoire Je l'ai convaincu de ma bonne foi. Son mouvement de mauvaise humeur s'était dissipé lorsqu'il a pris congé.
- Il vous reprochait également des faits infiniment plus graves.

Gérard eut l'impression que Beaulieu pâlissait.

- Qui a prétendu cela ?
- Une personne très proche de Bonnefeu.

Le commissaire avait insisté sur le mot très proche.

- Sa femme ? s'étonna Beaulieu.
- Je n'ai pas à préciser son identité !
- Je n'aime pas vos méthodes. Vous jouez avec moi au jeu du chat et de la souris et je suis la souris. Jouons cartes sur table. Selon vous, que me reprochait Bonnefeu ?

- Personne n'aime les méthodes de la police. Je vous ai accordé une faveur. Je suis venu vous rencontrer discrètement plutôt que de vous convoquer au commissariat. J'attends de vous que vous me rendiez la pareille en répondant franchement à mes questions.

Il souhaitait surtout qu'Hélène ne soit pas déjugée trop vite.

- Ok ! Je suis prêt à jouer franc-jeu avec vous !
- Alors que vous a dit exactement Bonnefeu lors de votre dernière entrevue ?

«*C'est un cauchemar* », se dit Beaulieu.

Ses pires craintes se trouvaient fondées. Il hésita une ultime fois avant d'avouer, penaud.

- Il était très excité. Il a lancé des accusations invraisemblables.
- Lesquelles ?

Beaulieu se révolta intérieurement contre ce policier arrogant qui l'obligeait à franchir pas-à-pas chaque étape de son chemin de croix. Le policier connaissait parfaitement les accusations de Bonnefeu.

- Charles a prétendu que j'ai truqué la campagne électorale pour les municipales.
- Avait-il raison ?

Beaulieu avait envie de gifler le policier qui lui faisait face.

- Voyons commissaire ! Je n'ai rien commis d'illégal !
- Détaillez-moi ses accusations !
- Je n'ai pas tout retenu. C'était tellement grotesque.
- Vous m'avez dit que vous allez jouer franc jeu, monsieur le maire !

Beaulieu se passa une main dans les cheveux et finit par avouer d'une voix blanche :

- Entre autres sottises, il m'a accusé d'avoir soutenu une troisième liste, d'avoir fait désigner comme candidat socialiste, un homme de paille que j'aurai rémunéré pour faire une non campagne. D'avoir menacé l'ancien maire afin qu'il retire sa candidature au second tour et j'en passe !
- Niez-vous ces accusations ?
- Bien sûr ! Ce n'était qu'un ramassis de conneries.
- Elles n'ont vraiment aucun fondement ?
- Sur quel ton voulez-vous que je vous le dise ? Tous les faits ont été rassemblés et tordus pour les faire vaguement correspondre à la réalité. Mais ce n'est qu'un échafaudage grotesque, une caricature que tout homme sensé ne peut que rejeter.

Il semblait très en colère. Richier était incapable de déterminer la part de comédie et de sincérité dans cette irritation.

- Il vous a dit qu'il retirait sa candidature ?
- Oui.
- Et qu'il allait donner une conférence de presse pour justifier son retrait ?
- Oui. J'étais très inquiet pour lui. Il allait se couvrir de ridicule.
- Et pas inquiet pour vous ?
- Je vous l'ai dit ! Ses accusations étaient tellement grotesques, que personne ne pouvait y donner foi. Je ne sais pas ce qu'il lui a pris. Je me suis demandé s'il ne faisait pas une sorte de dépression nerveuse.

Gérard se dit que le maire testait ce qui allait être son argument principal, une dépression de Bonnefeu. Il trouvait sa défense maladroite. Elle ne tenait pas la route mais Beaulieu n'avait guère le choix sauf à reconnaître qu'il avait usé de méthodes peu orthodoxes pour se faire élire.

- Une conférence de presse de celui qui était votre candidat phare aurait été pour vous une catastrophe !
- J'aurais fait face. Plus que sur les hommes je compte sur le bilan de ma gestion municipale pour m'imposer à la tête du département.
- Sa mort a été une bénédiction pour vous ?
- Comment osez-vous, monsieur le commissaire ! Vous m'insultez !
- Je n'affirme rien. Je vous pose une question.
- J'aurais préféré et de loin qu'il donne sa conférence de presse plutôt qu'il se fasse assassiner.
- Pourquoi ?
- Vous avez de ces questions ! Pour lui naturellement et parce que son meurtre me place dans une situation délicate. Je n'avais aucun intérêt à sa mort. Et puis zut ! Vos soupçons sont aussi extravagants que les accusations de ce pauvre Bonnefeu. En France on ne règle pas ses différents politiques à coup de revolver !
- Un homme est mort, monsieur le maire. Je cherche qui l'a tué et pour quelle raison. La veille de son assassinat, il lance contre vous de graves accusations. Je ne ferai pas mon métier si je ne cherchais pas à en savoir plus !

Beaulieu eut un rictus.

- Voilà toute l'horreur du soupçon ! Je ne parviendrais à démontrer mon innocence que si vous trouvez le véritable coupable. J'espère de tout cœur que votre enquête aboutira !

Le policier parti, Dominique Beaulieu s'effondra sur son siège. L'entrevue s'était très mal passée. Il s'en voulait de s'être raccroché à de faux espoirs. Il avait habilement interrogé la veuve du proviseur. Elle ignorait que son époux souhaitait se retirer. Il en avait naïvement conclu que Bonnefeu avait gardé pour lui sa décision. Il s'était trompé du tout au tout.
L'accablement ne dura pas. Il était un battant. Quelle soit la gravité de ses défaites, il les digérait très vite et s'efforçait immédiatement de rebondir. Il décida de contre-attaquer et d'abattre les deux jokers qu'il gardait dans sa manche.

Le jeune homme finissait de ranger les affaires dans l'établi de son père quand sa mère fit son apparition dans le garage.

- Qu'as-tu fais cet après-midi ? grommela-t-elle.
- J'ai bricolé un peu.
- Tu aurais mieux fait de travailler tes cours ! grogna-t-elle, pour montrer sa désapprobation.

Il se contenta de sourire, tout content d'avoir réussi à monter son engin. Demain *H888* ferait de nouveau parler de lui.

Sitôt sorti de la mairie, Gérard téléphona à sa femme pour lui rendre compte de son entrevue.

- Il faut vérifier les affirmations de Yasmina El Kanbi, asséna, sur un ton coléreux, Hélène, lorsqu'il eut fini son bref exposé.
- Elle a sûrement exagéré, mais ses accusations contiennent probablement un fond de vérité.
- En effet, remarqua-t-elle sèchement avant de raccrocher.

Elle alla dans le petit bureau de sa greffière et aboya un ordre :

- Sophie avant de partir, essayer de joindre la petite amie de Bonnefeu, Yasmina El Kanbi. Elle est institutrice. Elle travaille à l'école des Acacias. Convoquez-la pour demain mercredi.

Elle revient dans son bureau et se plongea dans un dossier pour se calmer.

Sophie Blanchard sortit hésitante du palais de justice. Toute l'après-midi, elle avait pensé à sa rencontre avec Villard.
«*J'ai plaisanté mais il l'a bien cherché.*» s'était-elle répété sans parvenir à se convaincre.

Crispée, elle examina la rue. Elle ne le vit pas et ressentit un intense soulagement. Il avait compris qu'elle n'était pas sérieuse et qu'elle se moquait de lui.

Elle se dirigea vers sa voiture garée en haut de la rue. Un véhicule noir s'arrêta à sa hauteur. Villard passa la tête par la vitre et déclara.

- Allez ! Montez, Sophie !

Elle le regarda, effrayée. Les mots et les pensées se bousculaient dans sa tête.

- Je... enfin, bredouilla-t-elle.
- J'ai acheté vos habits ajouta-t-il à voix basse. Ils vous attendent dans ma chambre d'hôtel.

Elle aurait voulu lui dire de s'en aller, de la laisser mais les mots se coincèrent dans la gorge. Il sortit du véhicule et ouvrit la portière droite.

- Allez, montez. Nous allons finir par nous faire remarquer.

Elle obéit en plein désarroi. Elle s'en voulait de son incapacité à le renvoyer, de ses désirs malsains. La voiture démarra sur les chapeaux de roues.

- J'ai pris une chambre au campanile de Rouvignies. C'est anonyme. On peut y entrer sans être vu. La chambre que j'occupe au Novotel à côté n'est pas assez discrète.

«*Ce n'est pas possible !*», se disait Sophie. «*Je ne peux pas faire cela !*»

Arrêté à un feu rouge, Philippe Villard posa sa main les genoux de la jeune femme et s'insinua brièvement sous sa jupe. Cette caresse banale fit monter dans le ventre de Sophie une étrange chaleur. Elle avait envie de lui et ce désir la mortifiait et l'émerveillait à la fois.

Lorsqu'ils arrivèrent dans la chambre sans âme que le journaliste avait réservée, Sophie découvrit posé sur une chaise le tailleur qu'elle avait ingénument demandé. Elle s'approcha en proie en un violent malaise.

- *Je ne suis qu'une pute*, se dit-elle en colère contre elle-même.

Les mains du journaliste se posèrent sur ses seins, brisant ses velléités de révolte. Il la retourna. Il l'embrassa. Elle se laissa faire. Elle ne pensa à son mari qu'une seule fois, quand Villard la pénétra, une pensée emplie de remords mais qui fut vite balayée par le flot de sensations qui l'envahirent.

Villard se sépara avec douceur de Sophie et sortit du lit. Il lui sourit gentiment.

- Désolé de te bousculer mais j'ai un rendez-vous à dix-neuf heures.

Il devait rencontrer à nouveau Beaulieu.

- Je te dépose prés du palais de justice ? proposa-t-il.

Sophie se redressa sur les coudes. Elle ne savait plus quoi penser. Désemparée, elle se leva à son tour et remit mécaniquement ses vêtements.

- *Qu'est-ce que j'ai fait*, se répétait-elle intérieurement.

Elle s'attendait à ce que Villard l'interroge sur l'enquête des Richier mais il ne lui demanda rien. Elle parla spontanément alors qu'il la ramenait en ville. Elle voulait à tout prix payer sa dette rubis sur l'ongle. Les vêtements qu'elle avait demandés s'étalaient sur la banquette arrière de la voiture. Elle n'avait plus envie d'eux. Ils la dégoûtaient. Il l'écouta sans rien dire, sans même essayer de lui faire préciser des détails de ses révélations et elle lui fut reconnaissante de ce silence.

Arrivé devant le palais de la justice, il arrêta la voiture et se tourna vers elle. Il la regardait étrangement.

« *Tu as gagné Philippe* » se dit-elle. « *Tu m'as transformée en prostituée.* »

- On se revoit ?
- Non, je ne te dirais plus rien sur l'enquête. Tu te débrouilleras autrement. J'ai rempli mon contrat.
- Quel contrat ? Je ne parlais pas de cela, Sophie. Je voulais simplement te revoir pour le plaisir de te revoir.
- Non !

Elle sortit de la voiture précipitamment.

- Tu oublies tes affaires !

Elle se retourna et lui jeta méchamment.

- Je n'en veux pas. Je te faisais marcher lorsque je te les ai demandés.

Qu'en aurait-elle fait ? Elle n'aurait jamais pu expliquer à son mari leur provenance. Et même si elle lui aurait servi une fable suffisamment convaincante, elle n'aurait jamais pu les mettre. Le prix qu'elle aurait payé pour les posséder était trop élevé.

Elle claqua la portière de la voiture et s'en alla en mettant au point le mensonge qu'elle allait débiter à son mari pour expliquer son retard.

Jamais Philippe Villard n'avait vu Beaulieu aussi excité.

- Je vais vous livrer les deux propositions chocs de ma campagne pour les cantonales, lui annonça-t-il d'emblée.
- Vous m'avez caché des faits importants. Quand la presse aura vent de ce que j'ai appris, elle vous mettra en miettes. J'ai fait parler la greffière du juge Richier. Bonnefeu voulait se retirer parce que sa petite amie lui avait ouvert les yeux sur vos méthodes.
- Quelle petite amie ?

- Une nommée Yasmina Elkanli ou un nom approchant, une institutrice de Valenciennes.
- J'ignorai l'existence de cette fille. Je comprends mieux l'attitude de Charles. Vous avez fait du bon travail.

Le journaliste fut agacé par ce compliment.

- J'ai eu de la chance, c'est tout ! Quand les autres journalistes apprendront ce que je sais, la curée commencera.
- Des rumeurs, rien que des rumeurs. Nous les traiterons par le mépris ! Et au pire qui m'attaquera ? Les journaux de gauche ! Les électeurs mettront leurs propos sur le compte de la campagne électorale.

Il avait déjà intégré ces attaques et n'espérait plus les étouffer.

- Vous serez dans une position inconfortable si cette Yasmina donne une interview.
- Nous aviserons le moment venu ! En attendant, vous allez écrire un papier sur les deux propositions révolutionnaires que je vais formuler.

Il avait décidé de les dévoiler maintenant alors que l'attention du public n'était pas monopolisée par l'affaire. Il avait prévu initialement de ne les lancer qu'à quelques semaines du scrutin. Mais elles risquaient, si le scandale éclatait, de passer inaperçues. Villard sortit son carnet et un stylo.

- Allez-y !
- Si j'obtiens la majorité au conseil général, je créerais des bourses pour les écoliers les collégiens et les lycéens. Elles seront délivrées au mérite et réservées aux enfants d'origine modeste. Leur montant maximum sera de trois milles euros : un pactole pour les gens modestes. L'école est le seul espoir des classes défavorisées de voir leurs enfants changer de niveau social. Mais les bénéfices sont tellement lointains qu'ils n'y prêtent pas l'attention qu'il faudrait. Je vais changer tout cela. La réussite scolaire des enfants rapportera des avantages pécuniaires immédiats.
- Comment attribuerez- vous ces bourses ?
- Par un concours. Le montant de la bourse dépendra de la place au concours.
- Et comment réserverez-vous ce concours aux gens d'origine modestes ?
- Je demanderais la feuille d'imposition des parents. Le montant de la bourse dépendra de celui des impôts payés.

Peu convaincu, Villard nota néanmoins consciencieusement les renseignements sur son carnet.

- Quelle est votre deuxième proposition ?

- De créer une banque des pauvres comme au Bangladesh. Elle prêtera des sommes modestes à des taux réduits, mais uniquement pour des projets précis. Les gens intégreront un groupe qui sera collectivement responsable des dettes. Je veux responsabiliser les défavorisés, afin qu'ils ne soient plus passifs, qu'ils prennent leur destin en main.

En parlant, il rêvait. Il voyait ses initiatives mises en place. Mais il se rembrunit tout à coup. L'affaire allait le rattraper et le broyer. Jamais il ne pourrait donner la pleine mesure de ses idées. Ces mesures qu'il proposait étaient son chant du cygne. Une manière de marquer les esprits avant la débandade. Si les circonstances avaient été autres, s'il avait eu de la chance. Mais il faut toujours payer ses dettes un jour ou l'autre. Il avait oublié combien cette maxime était judicieuse.

En prenant congé du maire, le journaliste eut un sourire gêné.

- Nous vous consacrons une page complète. Nous compléterons votre interview par un commentaire soulignant le côté novateur de vos propositions. J'ai déjà le schéma de l'article en tête. Nous mettrons le paquet.
- Je compte sur vous !

Une question brûlait les lèvres de Villard : «*Avez-vous fait tuer Bonnefeu ?* »
Mais il ne pouvait pas, bien entendu, la poser et s'il l'avait fait, le maire se serait récrié.

Marc Bonnefeu semblait abattu et triste :

- Je vous remercie d'être revenu à Valenciennes pour me rencontrer.
- C'est naturel ! L'heure, que je vous ai imposée, n'est pas trop tardive pour vous ?
- Nullement. L'essentiel est de vous voir.
- Je doute de pouvoir vous être d'une grande aide, malheureusement.
- Saviez-vous que votre père allait retirer sa candidature aux élections cantonales ?

Il sursauta :

- Je l'ignorais !
- Vous faisait-il souvent des confidences ?
- Bien sûr ! Comme un père en fait à son fils. Comment savez-vous que mon père allait se retirer ? Ni lui ni ma mère ne m'en ont parlé.
- Quelqu'un qui était proche de lui me l'a appris.
- Un de ses amis ? Je suis stupéfait qu'il en ait parlé à l'un d'entre eux et pas à nous.

- Il avait des amis intimes ?
- Personne n'était assez intime avec mon père pour qu'il lui livre des confidences qu'il ne nous aurait pas faites. Il méditait de se présenter aux cantonales depuis trois ans. Chaque fois que je le voyais, il m'en parlait. Qu'il se retire, sans me le dire, me paraît absolument incroyable. Vous êtes sûr de votre information ?
- Oui.
- Il avait une maîtresse N'est ce pas ? Ma mère se plaignait au téléphone d'absences inexpliquées de mon père.

Le policier garda un silence prudent.

- Je le saurais de toute façon. J'ai l'intention de me porter partie civile dés que j'aurais quitté votre bureau. J'aurais ainsi accès au dossier.
- Oui, votre père avait une maîtresse.
- Je peux savoir qui elle est ?
- Une institutrice.
- Son nom ? C'est idiot mais je le veux le connaître.

Richier hésita puis se résigna à le lui donner. Cela n'avait aucune importance qu'il le sache maintenant ou dans quelques heures une fois que son avocat aurait consulté le dossier d'instruction.

- Yasmina El Kanbi.

Marc baissa la tête.

- Vous désapprouvez cette liaison ?
- Ce n'est certainement pas à moi de le juger !
- Vous ne lui voyez pas d'ennemis ?
- Non, mais je m'aperçois qu'une grande partie de sa vie m'était inconnue. Dans celle que je connaissais, je ne vois personne qui puisse lui en vouloir au point de le tuer mis à part ce professeur. Mais vous ne le soupçonnez plus, n'est ce pas ?
- Nous n'avons pas établi formellement son innocence. Etes-vous vexé de découvrir des zones d'ombre dans la vie de votre père ?
- Vexé, je ne sais pas si ce terme est adéquat. Blessé plutôt, blessé qu'il ne m'ait pas fait assez confiance pour me parler. Je ne parle pas de sa maîtresse. Là je comprends qu'il ne m'a rien dit ! Mais son renoncement aux cantonales en catimini sans me consulter me reste au travers de la gorge. C'est comme si je le perdais pour la deuxième fois.
- Etes-vous proche de votre mère ?
- Proche de ma mère ! Mais personne n'est proche d'elle ! Elle fait fuir tout le monde ! Je sais. Je ne devrais pas dire cela. Ma mère est

mourante ! Mais……De toute façon ce que vous pensez n'a pas d'importance.

- Vous lui en voulez ?
- Vous avez entendu des ragots, n'est ce pas ? Oui j'en veux à ma mère. J'ai mille raisons d'en vouloir à ma mère depuis ma naissance.
- Vous la détestez ?
- Non ! Même pas ! C'est ma mère.

Il était aux bords des larmes.

- Je suis désolé, commissaire, de montrer une telle émotion, avoua-t-il penaud.
- Non ! C'est moi qui suis navré de vous avoir perturbé avec mes questions. Mais j'étais obligé de les poser. Un enquêteur doit connaître l'atmosphère familiale et amicale dans laquelle évoluait la victime. Je ne vais pas vous persécuter plus longtemps. Vous pouvez partir. Je vous remercie une nouvelle fois d'être venu.

Il se leva hésitant.

- Je croyais connaître mon père. Il était un des piliers de ma vie. Je pense qu'il est resté avec ma mère uniquement pour moi, pour me protéger d'elle. Et j'apprends ce soir qu'il avait une autre vie, quelqu'un d'autre qu'il aimait et qui avec qui il partageait ses décisions les plus intimes. C'est dur pour moi, très dur, C'est idiot mais c'est dur.
- Non votre réaction n'est pas idiote, le consola le commissaire.

X

Hélène traînait dans la salle de bain lorsque son mari passa la tête par la porte.

- Tu devrais te presser, chérie, tu vas être en retard.
- Oui, oui, répondit-elle d'un ton plaintif.

Il s'arrêta sur le seuil, inquiet.

- Cela va ?
- Bof !

Il sentit une vague de colère l'envahir, colère qu'il regretta aussitôt.

- Toujours la même chose ?
- Bien sûr ! Toujours la même chose !
- Chasse ces idées de ton esprit ! N'y pense plus !
- Comme si c'était possible !

Elle lui sembla si fatiguée qu'il lui proposa.

- Veux-tu que j'appelle le médecin ? Préfères-tu rester à la maison aujourd'hui.
- Non ! J'irai travailler. Au bureau, je pense moins à mes problèmes. Je ne veux pas rester ici. Je ruminerai !

Il sortit, triste et désabusé. La crise allait empirer au fur et à mesure qu'ils s'approcheraient du moment décisif, du moment où ils essaieraient de concevoir leur enfant. Ils n'échapperaient pas à l'épreuve. Mais par delà, il apercevait la lumière et le bout du tunnel. Naïvement, il pensait qu'Hélène serait guérie dès qu'elle serait enceinte et que les miasmes qui l'assaillaient se dissiperaient aussitôt.

Sophie Blanchard avait du mal à se concentrer sur son travail. Elle pensait à son aventure de la veille. Elle était en proie à des sentiments contradictoires. Elle se dégoûtait mais n'arrivaient pas à regretter ses actes. Parfois même, elle se reprochait de ne pas avoir accepté les habits. Elle aurait bien trouvé un moyen d'expliquer leur présence à son mari. Sa patronne l'interrompit alors qu'elle essayait de taper une lettre, tâche dont elle n'arrivait pas à venir à bout depuis un quart d'heure.

- Sophie, téléphonez à nouveau à madame El Kanbi. Elle a maintenant plus d'une heure de retard.

Sophie s'empara du combiné. La sonnerie retentit dans le vide.

- Hier, pourtant elle semblait vraiment désireuse de venir, remarqua Sophie en raccrochant. Je lui ai donné le numéro du bureau. Si elle avait eu un empêchement, elle nous aurait prévenus !

Hélène rentra dans son bureau et appela son mari.

- Gérard, peux-tu passer chez Yasmina El Kanbi ? Elle n'est pas encore arrivée. On n'arrive pas à la joindre au téléphone. Glisse-lui un mot sous sa porte. J'aimerai bien qu'elle vienne ce matin ou en début d'après midi.

Hélène ne voulait pas convoquer officiellement Beaulieu tant que Yasmina n'avait pas fait sa déposition.

- D'accord, je vais faire un saut chez elle.

Le jeune homme décida du moment où il agirait : à quatorze heures au moment de la rentrée des élèves. Cela donnerait plus d'impact à son geste. Le lycée Wallon pratiquait la semaine des cinq jours. On n'y travaillait pas le samedi matin mais en échange un grand nombre de cours était placé le mercredi après-midi.

Le commissaire sonna à plusieurs reprises pour s'assurer que l'institutrice n'était pas là. En vain. Il rédigea sur un carnet un petit mot. Il arracha la page et la glissa sous le chambranle de la porte. En se relevant, il heurta involontairement la porte qui s'entrouvrit. Elle n'était pas fermée.

- Merde, cria Gérard.

Il venait d'apercevoir Yasmina El Kanbi étendue sur le sol.

- Les coups de feu sont précis comme pour le proviseur, remarqua le médecin légiste en se relevant. Deux balles l'ont atteinte, une dans la région du cœur l'autre à la tête.
- Son meurtrier lui a tiré dessus dés qu'elle a ouvert la porte. Il ne lui a laissé aucune chance, constata Lebeuf.
- En effet !
- Pourquoi l'a-t-on tué ? s'interrogea Lebeuf. Pour l'empêcher de parler ?
- Elle avait déjà parlé ! constata Richier.
- Elle savait peut-être quelque chose dont elle ne nous avait pas encore fait part.
- Possible.
- A mon avis, la mort est récente. Pas plus de trois heures, reprit le médecin légiste.

- Lebeuf, ordonna le commissaire, terminez les constatations. Je file chez Halek.

Il devait s'assurer avant toute chose que Thomas n'avait pas quitté la maison de ses parents.

Madame Halek s'alarma dès qu'elle découvrit son visiteur derrière la porte.

- Que se passe-t-il, monsieur le commissaire, désirez-vous voir mon fils ?
- Oui. Est-il sorti ce matin ?

Elle eut un sourire crispé :

- Oh non ! Je le consigne chez nous pour qu'il ne fasse plus de bêtises.
- Vous êtes sûre ?
- Il dort encore dans sa chambre. Il ne l'a pas quittée depuis hier soir. Voulez-vous qu'on aille le voir ?
- Oui, je vous en prie.

Elle le fit entrer et le guida vers l'étage.

- Il s'est passé quelque chose ? s'inquiéta-t-elle en montant l'escalier.
- Un nouveau meurtre ! Probablement lié au premier.
- Mon Dieu, gémit madame Halek. Mais ce n'est pas Thomas. Il n'a pas quitté la maison.

Elle ouvrit une porte sans frapper et entra la première. Le jeune homme dormait dans son lit roulé en boule.

- Thomas ! lève-toi ! Tu as de la visite.

Halek se secoua, mal réveillé.

- Rendormez-vous, dit Richier en ressortant de la chambre.

Il n'aurait rien appris en l'interrogeant.

- Comment pouvez-vous être sûre qu'il n'est pas sorti ce matin ou cette nuit ? demanda-t-il à sa mère en redescendant l'escalier.
- Je me suis réveillée à trois heures du matin et je ne me suis pas rendormie. Je l'aurais entendu.
- Vous supposez qu'il est resté dans sa chambre mais vous n'êtes pas allée voir ?
- Non, en effet.
- Peut-il sortir sans que vous le remarquiez ?
- Non !
- Même en se glissant le long de la façade ?
- Où le meurtre a-t-il eu lieu ?
- A Valenciennes.

Ses yeux brillèrent comme si elle avait découvert un argument décisif.

- Comment se serait-il rendu sur place ? Nous habitons loin de la ville. Il n'a pas pris l'un de nos voitures J'en suis sûre Je l'aurais entendu.
- Il aurait pu faire du stop !

Elle répondit avec colère :

- Il n'a pas bougé d'ici !

Richier regretta que sa femme n'ait pas fait emprisonner le jeune homme. Il n'avait pas osé lui en faire le reproche mais lui, n'aurait pas permis à Halek de retourner chez ses parents. Elle n'en faisait qu'à sa tête. La culpabilité du jeune Halek dans ce nouveau meurtre était néanmoins improbable. Il aurait dû gagner la ville, récupérer le revolver. Et pourquoi aurait-il supprimé Yasmina El Kanbi ? Comment aurait-il connu son existence ?

- Je vous remercie madame, grommela-t-il.
- Allez-vous souvent venir vérifier l'emploi du temps de Thomas ou l'accuser de je ne sais quel crime ?
- Je ne fais que mon travail ! Je dois procéder à ces constations !
- Combien de temps paierais-je la faute de mon fils ? Combien de temps vais-je me demander ce qu'il a fait ou ce qu'il projette de faire et si c'est un assassin ?

Elle était au bord des larmes. Il ne pouvait rien pour elle. Lui prodiguer des paroles banales de réconfort ne servait rien. Elles n'auraient pas changé la réalité. Thomas Halek était pris dans une spirale dont il n'arriverait pas à se défaire.

Lorsque Gérard retourna dans l'appartement de Yasmina El Kanbi, on avait déjà emmené le corps.

- Alors, demanda Gérard à Lebeuf, avez-vous découvert des indices intéressants ?
- Non !
- Avez-vous trouvé l'adresse de sa famille ?
- Il n'y a pas de noms arabes dans son répertoire téléphonique.
- Ah bon !
- Tenez le voilà, se défendit Lebeuf en prenant un carnet posé sur un buffet. Feuilletez-le vous-même !

Richier parcourut rapidement le répertoire. Il n'y lut que des noms et des prénoms d'origine européenne. Il y trouva cependant le numéro de téléphone du directeur de l'école des Acacias et il s'empressa de l'appeler pour lui demander un rendez-vous. L'enseignant lui proposa d'aller le voir immédiatement ce que Richier accepta. Mais l'entrevue ne lui apprit rien qu'il ne savait déjà. Yasmina était une jeune femme appréciée de ses collègues et de ses élèves. Le directeur ignorait l'adresse de sa famille mais pensait qu'elle habitait Valenciennes car elle se disait originaire de la ville. Il ne lui connaissait aucun ennemi et que quelqu'un puisse lui en vouloir au point de la tuer lui semblait absurde. Gérard quitta, perplexe, le directeur. Seul son lien avec Charles Bonnefeu pouvait expliquer l'assassinat de Yasmina.

Dominique Beaulieu regardait les journaux qui s'étalaient sur son bureau. Son service de presse avait bien travaillé. La plupart des quotidiens relayaient ses propositions. La première chaîne venait de prendre contact avec son secrétariat. Elle souhaitait réaliser un reportage sur ses projets phares. Beaulieu avait tiré ses ultimes cartouches, lancé le bouquet final de son feu d'artifice médiatique. Mais bientôt un cyclone balayerait ses rêves.
Il était désormais incapable de forcer son destin. Il en était réduit à attendre que la tempête se déclenche et elle détruirait en quelques jours ce qu'il avait mis si longtemps à construire. Pourtant les révélations que Bonnefeu s'apprêtait à faire avant sa mort n'étaient pas des vérités cachées et soigneusement enfouies. Ses manœuvres pour s'emparer de la mairie de Valenciennes étaient transparentes pour qui voulait les voir. Mais Bonnefeu était comme l'enfant du conte qui crie «*le roi est nu* » et fait ouvrir les yeux à la foule. Et on l'avait tué.

Le jeune homme ne cessait de regarder sa montre et de repasser dans sa tête toutes les étapes de son plan. Pour faire passer le temps plus vite il commença à charger son sac. Il sortit la bombe de sa cachette et la regarda amoureusement. Il était fier de lui et attendait avec impatience que l'engin montre, en explosant, son savoir-faire et sa détermination.

Lorsque Sophie sortit pour aller déjeuner, elle aperçut Philippe Villard qui l'attendait appuyé sur un mur. Elle rougit violemment et traversa la rue pour lui échapper. Mais elle était incapable de l'ignorer. Elle retourna sur ses pas. Il lui sourit et lui montra un bouquet de fleurs qu'il tenait caché derrière lui.

- Acceptes-tu de déjeuner avec moi au Musigny ? C'est le seul restaurant étoilé de Valenciennes et j'ai envie de l'essayer !

Elle aurait voulu lui dire non mais acquiesça d'un imperceptible mouvement de tête. Il lui prit le bras mais elle le retira.

- Montons dans ma voiture. J'ai envie de t'embrasser et je ne veux pas le faire dans la rue.

- Souhaites-tu préserver mon image vertueuse ? répondit-elle sur un ton acariâtre. Avec ton bouquet de fleur c'est raté. Heureusement qu'aucun de mes collègues n'est dans la rue pour nous voir.

Ils s'engouffrèrent dans sa voiture et il l'attira contre lui. Elle se laissa faire tout en se demandant pourquoi se comportait-elle ainsi. Elle n'espérait rien de lui. C'était un beau parleur qui l'oublierait très vite et qui n'attendait d'elle que des informations.

Malgré sa méfiance et ses interrogations, Sophie apprécia chaque minute passée dans le restaurant. La cuisine était délicieuse, le cadre raffiné et Villard s'efforça de la faire rire avec succès. Quand le serveur amena les cafés, elle parla spontanément de l'affaire Bonnefeu.

- La maîtresse du proviseur a été assassinée ce matin, probablement avec la même arme que celle qui a servi à assassiner Bonnefeu. Beaulieu est sur la sellette. Madame Richier voulait le convoquer sitôt après avoir entendu Yasmina El Kanbi afin qu'il s'explique sur les méthodes qui lui ont permis de devenir maire. Elle souhaitait demander un réquisitoire supplétif.

Elle avait parlé très vite, en baissant les yeux. Elle s'imaginait que c'était le prix implicite que Philippe demandait en échange de ces instants hors du temps qu'il lui offrait.

Villard pâlit. Une question lui vint aussitôt à l'esprit : Beaulieu avait-il fait assassiner l'institutrice pour l'empêcher de parler ? Etait-il complice d'un meurtre ? C'était lui qui avait appris à Beaulieu son existence. Si la conscience du journaliste s'accommodait des méthodes peu orthodoxes de Beaulieu, elle n'acceptait pas l'idée d'un assassinat.

- Pourquoi me racontes-tu cela, Sophie ?
- Tu ne m'as offert ce repas que pour entendre ces informations. Non ?
- Pas du tout ! Je ne pensais pas que les événements aient tant évoluées en une demi-journée. Je voulais te voir. Je n'avais pas d'autre motif en tête.

Elle se mit en colère mais elle ne savait pas si son ire était dirigée contre lui ou contre elle-même.

- Me voir ! Je n'ai aucun attrait particulier. A Paris, tu trouves des filles cent fois mieux que moi.
- Mais je suis à Valenciennes !

Conscient d'avoir commis une bourde, il ajouta en lui touchant la main :

- Tu me plais. Je suis bien avec toi. Je ne cherche pas plus loin. Je suis un affreux égocentrique.

- Ramène-moi à mon bureau.

Ils ne parlèrent pas pendant tout le voyage de retour. Villard était maussade il pensait au meurtre de Yasmina El Kanbi. Lorsqu'elle sortit de sa voiture, il lui demanda :

- Je te reprends ce soir ?
- Non, certainement pas ! cria-t-elle.

Mais elle savait qu'elle le suivrait, s'il venait la chercher.

Gérard trouva deux El Kanbi dans l'annuaire. Personne ne décrocha lorsqu'il forma le premier numéro, mais une voix de femme lui répondit lorsqu'il fit le deuxième.

- Bonjour madame. Je suis le commissaire Richier. Etes-vous parente avec Yasmina El Kanbi.

Il eut un silence. Il répéta sa question. Son interlocutrice reprit d'une voix hésitante.

- Yasmina ?
- Oui Yasmina, institutrice de l'école des Acacias.
- Je suis sa mère.
- Vous pouvez me recevoir madame ?
- Pourquoi ?
- Je dois vous parler madame ainsi qu'à votre mari. Je peux venir tout de suite ?

Il y eut encore un silence puis la femme lui donna son accord.

Les El Kanbi habitait une H.L.M située juste à côté de la voie rapide non loin de la tour où vivait Bonchard.

- C'est un mini ghetto maghrébin, lui apprit Lebeuf. L'ancienne municipalité les regroupait sans vergogne dans ces immeubles et ne faisait rien pour retenir les Européens qui voulaient s'en aller. Le nouveau maire essaie de changer les choses mais il faut du temps pour cela !

Quand ils sortirent de la voiture, une bande de gosses se rassembla pour les regarder.

- Plus vite, nous serons partis mieux cela vaudra, murmura Lebeuf, la police n'est pas la bienvenue dans ce quartier.
- Il y a eu beaucoup d'incidents avant que je ne prenne mon poste ?
- Non. Mais le climat est délétère. Personne n'aime y faire de rondes.

Les policiers pénétrèrent dans un immeuble dont l'entrée était couverte de graffitis. Un ascenseur poussif les mena à un étage sombre et peu accueillant.
Un jeune homme leur ouvrit la porte, lorsqu'ils sonnèrent. Il portait une barbe noire et fournie et était habillé à la mode taglish. Il les fit entrer sans mot dire et les conduisit jusqu'à une salle à manger où attendait assis un couple âgé.

- Monsieur et madame El Kanbi ?

Ils acquiescèrent d'un mouvement de tête.

- J'ai une mauvaise nouvelle : votre fille Yasmina a été assassinée.
- Elle n'a eu que ce qu'elle méritait, déclara une voix derrière eux.

Les policiers se retournèrent, surpris. C'était le jeune homme qui les avait fait entrer.

- Ali ! protesta la mère.
- C'était une apostat !
- Il a raison, marmonna le père. Elle était plus ma fille. Je l'ai reniée.
- Arrêtez ! implora la mère.
- Vous aviez des contacts avec Yasmina ? demanda Gérard.
- Aucun ! éructa Ali. Elle a trahi l'islam ! Nous ne voulions plus la voir. Comment est-elle morte ?
- On l'a abattue de deux coups de revolver.
- C'est la main de Dieu qui a tiré !

Stupéfait par la violence du jeune homme, Gérard demanda :

- Approuvez-vous cet assassinat ?
- Nous ne pleurerons pas sa mort et nous ne réclamerons pas le prix du sang à son meurtrier !
- Où étiez-vous ce matin ? l'interrogea Lebeuf.
- Cela ne vous regarde pas !
- Vous êtes le frère de Yasmina ? demanda Richier.
- Autrefois, je l'étais mais je ne le suis plus.
- Nous devons contrôler votre emploi du temps de ce matin et celui de la journée de samedi.
- Je n'ai aucun compte à vous rendre !
- Répondez-nous, je vous prie.
- Vous avez un mandat ? Non ! Alors, fichez le camp de chez nous, immédiatement !
- Nous reviendrons rapidement avec les papiers nécessaires. C'est juste une perte de temps inutile ! Soyez raisonnable et collaborez avec nous.

- Filez !
- Nous partons. Mais nous serons vite de retour.
- Vous aurez droit à un accueil musclé ! promit Ali.

Richier entraîna son adjoint. Ils retrouvèrent leur voiture entourée par des gamins qui s'écartèrent pour les laisser passer. Des huées soudain éclatèrent quand ils pénétrèrent dans le véhicule et les enfants commencèrent à cracher sur le pare brise.

Gérard se dépêcha de mettre en marche le moteur et de partir.

- Cet Ali est assez fou pour avoir assassiné Bonnefeu et sa sœur, remarqua Lebeuf alors qu'ils sortaient du quartier.
- Oui, mais nous aurons du mal à l'interroger.
- Je vous l'avais dit ! Ce quartier ne nous aime pas.

Celui qui signait ses communiqués *H888* était nerveux et ne cessait de regarder sa montre. Il ne put s'empêcher de contrôler une dernière fois le mécanisme de mise à feu. La minuterie était bien réglée pour se déclencher à quatorze heures. Il avait juste le temps de déposer le sac avant de s'éloigner. A deux heures moins cinq, il se mit en branle. Son cœur battait dans sa poitrine. Jamais il n'avait pris de tels risques. En s'approchant des deux policiers qui gardaient l'entrée il eut l'impression qu'on le regardait. Il se raisonna à grand peine et s'obligea à marcher. Lentement, sans gestes brusques, il fit glisser le sac de son épaule à sa main. Encore un petit effort et il jetterait la bombe juste derrière les policiers.

- Guffard, que faites-vous ici ? demanda la voix stridente du conseiller d'éducation.

Paniqué, *H888* lâcha son sac et fit demi-tour.

A quatorze heures quinze précise, le procureur Vaugas mit ses lunettes et lut le communiqué qu'il avait préparé. Il avait envoyé un double du texte à la juge Richier, Elle n'avait pas réagi et il prenait son silence pour une approbation tacite.

- L'enquête sur la mort de Charles Bonnefeu, dit-il, vient de connaître un nouveau développement avec la découverte à son domicile du corps d'une personne qui lui était liée. L'enquête a d'autre part évolué. Monsieur le maire de Valenciennes va être prochainement entendu, afin d'éclaircir les raisons du retrait de monsieur Bonnefeu de sa candidature aux élections cantonales.

Fabien Vaugas savoura cet instant. Il regarda l'assistance qui s'était quelque peu étoffée depuis sa précédente intervention.

- Monsieur Bonnefeu voulait se retirer de la course aux cantonales ! demanda un des journalistes ! Bizarre ! Nous n'en avons jamais entendu parler !
- Il n'avait pas annoncé officiellement sa décision.
- Quel est le nom de la personne assassinée ?
- Yasmina El Kanbi.
- Elle était sa maîtresse ?
- Je vous laisse la paternité de vos affirmations.

Philippe Villard qui était présent à cette conférence de presse, était mal à l'aise. Une partie de lui se demandait désespérément comment atténuer la portée de l'attaque du procureur mais l'autre n'avait plus envie de se battre. Le doute le taraudait. La crainte d'avoir contribué à un crime en révélant à son patron l'existence de l'institutrice, tournait dans sa tête et le déstabilisait.

Gérard arriva au lycée vingt minutes après l'explosion de la bombe. Des ambulances étaient déjà sur les lieux. Il gara son véhicule au milieu de la rue et se précipita.

- Il n'y a pas de blessés graves, juste des égratignures, lui apprit le plus âgé des gardiens de la paix.

Gérard soupira. Il avait craint le pire. Le conseiller d'éducation se faisait soigner sur le côté et Gérard alla lui parler.

- Le poseur de bombes s'appelle Guffard, lui apprit le blessé. Il était au lycée l'année dernière. Lorsque je l'ai vu, je lui ai demandé ce qu'il était revenu faire dans l'établissement. Désolé de ne pas avoir réussi à le coincer mais j'ai été surpris par l'explosion et il a pu s'enfuir.
- Quel était son prénom ?
- Je ne sais plus. Il était en TS2. Vous trouverez ses coordonnées au secrétariat du lycée.

Gérard envoya Lebeuf chercher les renseignements et s'approcha du sac éventré qui avait contenu la bombe. Cette fois ci *H888* avait franchi un nouveau palier : il avait amorcé son engin explosif. Il était grand temps qu'on l'arrête.

XI

Gérard brandit les papiers que venaient de lui signer sa femme.

- Je vais retourner voir El Kanbi et envoyer Kaplan et Elizee à la recherche de Guffard. Ils ne devraient pas avoir de mal à l'arrêter.

Hélène approuva de la tête.

- La bombe était puissante ? s'enquit-elle.
- Non, ce n'était qu'un gros pétard.

Le conseiller d'éducation avait été blessé parce qu'il la tenait à la main au moment de l'explosion mais d'après l'artificier la technique employée était remarquable d'efficacité. Si *H88* avait mis plus de poudre et ajouter des clous, il aurait pu provoquer un carnage. Hélène se leva de son bureau et s'approcha de son mari :

- Madame Bonnefeu m'a téléphoné. Elle demande une protection policière.
- Pourquoi ?
- Elle a entendu à la radio la nouvelle de l'assassinat de Yasmina El Kanbi. Elle m'a dit textuellement : « *Et si après la maîtresse, l'assassin s'en prenait à la femme légitime ?* »
- Elle ne sait rien, elle !

Hélène se colla contre son mari. Malgré ses préoccupations professionnelles, elle s'angoissait au sujet de l'enfant à venir et recherchait instinctivement la protection de son époux.

- Je lui en ai fait la remarque. Elle m'a répondu que l'assassin ignore ce qu'elle sait.

Il l'embrassa et lui prit la main.

- T'a-t-elle paru affectée par la révélation de la liaison de son mari ? Elle venait juste de l'apprendre par la radio.
- Difficile de le dire ! Mais d'après son fils, elle s'en doutait. Ce n'était donc pas une surprise pour elle.
- Je vais demander aux policiers qui gardaient l'entrée du lycée d'assurer sa protection. Tu crois vraiment que madame Bonnefeu puisse être en danger ?
- Qui sait ? On ne doit rien exclure !

Pour ne pas délibérément provoquer les habitants du quartier, Gérard avait rejeté la suggestion de Lebeuf de se faire accompagner par un car rempli de policiers. Il s'était contenté de prendre deux inspecteurs. Lebeuf était nerveux et regrettait la décision de son chef. Il consultait sa montre fébrilement.

- Cela fait plus de deux heures qu'on a quitté El Kanbi, remarqua-t-il sur un ton acide. Il ne nous sûrement pas attendu au domicile de ses parents.
- Nous verrons bien, grogna le commissaire.
- A nous quatre, nous n'arriverons pas à passer le quartier au peigne fin.

Gérard qui conduisait aperçut, soudain une voiture renversée au milieu de la chaussée. Il freina et s'arrêta prés de l'obstacle. A peine immobilisé, leur véhicule fut entouré par une cinquantaine de jeunes. Les insultes fusèrent aussitôt. Les policiers sortirent et firent face à la petite foule. Gérard hurla d'une voix ferme :

- Qui est votre chef ? Désignez un porte-parole, si vous n'en avez pas !

Il dut s'égosiller avant qu'un homme d'une trentaine d'années barbu et vêtu de noir ne s'approche :

- Je suis l'émir Abdallah.
- Emir ? Que sous-entend ce titre ?
- Que je dirige les forces islamiques de ce quartier !

Lebeuf ordonna, féroce :

- Retirez cette carcasse et libérez la chaussée.
- Certainement pas ! Notre barrage interdit aux indésirables d'aller plus loin !
- Faisons-nous partie des indésirables que vous souhaitez écarter ?
- Bien sûr !

Richier prit le temps de détailler les jeunes surexcités qui vociféraient en formant une haie compacte. Beaucoup étaient encore des enfants et des collégiens qui n'avaient pas classe ce mercredi après midi.

- Nous devons faire notre travail, lança Gérard sur un ton ferme.
- Les flics français n'ont plus rien à faire chez nous !
- Il est hors de question que nous tolérerions votre barrage et que vous nous empêchiez d'aller où bon nous semble.
- Partez !

Les jeunes commençaient à ramasser des pavés destinés à orner une petite place et qui étaient posés en tas sur le trottoir. S'ils les jetaient sur eux et sur la voiture, ils auraient du mal à se dégager sans avoir recours à leur armes.

- Nous reviendrons, promit-il à Abdallah.
Sur son ordre, ils remontèrent dans leur véhicule. Il fit une marche arrière et un demi-tour sur les lazzis des émeutiers.

Lebeuf était rouge de colère.

- Ces agités du bocal vont voir de quel bois nous nous chauffons. Nous allons rameuter tous les camarades du commissariat et les disperser.
- Non ! Nous ne sommes pas assez nombreux pour tenter quoique ce soit. Et ce sont des enfants ! On ne peut faire usage de la force sans discernement.
- Vous n'allez pas les laisser faire !
- Je vais demander des renforts à la sous préfecture. Nous avons besoin d'une compagnie de C.R.S au moins.

Gérard s'arrêta sur le côté et appela le commissariat. Il demanda qu'on envoie un car de policiers.

- Quand les agents seront là, vous prendrez leur commandement, Lebeuf. Mais attention vous n'êtes là que pour observer et pour rien d'autre. Vous n'intervenez pas sauf en cas d'extrême urgence ! Placez-vous d'ailleurs suffisamment loin pour ne pas les provoquer. Je vais me concerter avec le procureur et le sous préfet.

Lebeuf, vexé par le ton de son supérieur, ravala la protestation qu'il allait émettre et se contenta d'un bref " *bien chef* ".

Beaulieu comprit en voyant l'air soucieux de Villard que quelque chose n'allait pas et il regretta de ne pas lui avoir accordé plus tôt le rendez-vous qu'il avait sollicité d'urgence.

- Qu'avez-vous de nouveau à m'apprendre ?
- Ce n'est peut être pas un scoop pour vous : la maîtresse de Bonnefeu a été à son tour assassinée. De plus mon informatrice m'a appris que la juge va enquêter sur la façon dont vous avez conquis la mairie.

Villard ajouta, glacial :

- Je sors d'une conférence de presse de Vaugas. Il a annoncé que Bonnefeu souhaitait retirer sa candidature des cantonales et qu'on allait vous cuisiner à ce sujet.

Le journaliste était en colère. L'idée d'avoir peut-être contribué à un meurtre le révoltait. Il voyait le maire à présent sous un autre jour. Il lui répugnait. Manipuler la presse, présenter du prêt à penser dans les journaux qu'on contrôle, créer et entretenir une illusion, faire pencher du bon côté l'opinion publique, lui semblait brusquement glauque et sordide. Il avait franchi une ligne rouge et ce qui était autrefois tolérable, voire souhaitable, ne l'était plus. Beaulieu émit un petit rire :

- J'ai la tête dans le sac n'est ce pas ? Arriverez-vous, malgré tout, à écrire un article qui présentera l'affaire sous un jour favorable ?

Villard déglutit. Il ne pouvait plus se taire. Pris d'une impulsion subite, il demanda.

- Avez-vous fait assassiner Bonnefeu et El Kanbi ?

Il regretta aussitôt d'avoir posé cette question tant elle était idiote. S'il était coupable, le maire n'avouerait pas et s'il ne l'était pas, elle était outrageante. Désemparé, Beaulieu baissa les yeux et s'affaissa sur son siège. Un silence s'instaura entre les deux hommes. Dominique finit par demander d'une voix suraiguë :

- Répondez-moi franchement par oui ou par non. Me croyez-vous coupable ? Qu'est ce qui vous parait le plus probable ? Que j'ai commandité ces deux meurtres ou que je suis étranger à eux ? Je ne vous reprocherai pas votre réponse si elle est affirmative. Je veux juste connaître votre sentiment sur l'affaire !
- Oui.
- Si vous, vous pensez ainsi, personne ne croira en mon innocence !

Il se redressa et tapa du poing sur la table.

- Vos soupçons sont grotesques. Je suis innocent !
- Je vais rentrer à Paris. Je ne vous suis plus d'aucune aide.
- Comme vous voulez !

Le journaliste se leva et sortit sans prendre la peine de dire au revoir.

Richier tenait une réunion avec le sous préfet Briffaut, le procureur et l'inspecteur principal Gaudimard qui représentait la DRGI de Valenciennes.

- Cette action ne me surprend pas, affirma Gaudimard. Je la sentais venir depuis plusieurs semaines. El Kanbi est un des lieutenants de cet «*émir* » Abdallah. Ils ont pris prétexte de la venue du commissaire pour passer à l'acte.
- Quel est leur but ? demanda le sous préfet.

C'était un homme replet qui portaient des lunettes aux verres perpétuellement sales.

- Faire parler d'eux. Etablir par un coup d'éclat leur domination sur le quartier.
- Et quelle est leur idéologie ? Ce sont des émules d'Al Quaida ?
- Ils ne vont pas jusque là heureusement mais ils flirtent avec l'extrémisme. Abdallah est à l'origine du mouvement. Il se prend pour

un grand théoricien. Il préconise la séparation stricte des musulmans avec le reste de la nation. Mais ne voyez rien de très cohérent dans sa pensée. A part l'envie de faire de parler de lui, Abdallah change souvent d'avis.

- Il a du succès ?
- Les jeunes gens qui sont avec lui cet après-midi se moquent pour la plupart, de ses idées. Ils ne sont là que par désir d'en découdre. Nous sommes mercredi après midi, jour de congé des collèges et lycées.

Le sous préfet se tourna vers Gérard :

- Commissaire, que proposez-vous pour faire lever ce barrage.
- D'attendre d'abord les C.R.S qui doivent venir de Lille ! Je ne dispose que d'une trentaine de gardiens de la paix qui, pour la plupart, n'ont jamais réprimé de manifestations. Quand les renforts seront là, nous passerons à l'action. Mais nous avons affaire, pour la grande majorité, à des enfants. Les C.R.S devront utiliser les gaz lacrymogènes et leurs matraques avec retenue. Il faut éviter qu'un mineur soit blessé !

Vaugas, intervint. Il réfrénait sa colère depuis le début.

- Il faut frapper fort, asséna-t-il, pour les dissuader de recommencer. Il faut appréhender toutes les personnes âgées de plus de quinze ans, présentes sur la barricade, afin de les faire comparaître en flagrant délit. Aucune parcelle du territoire national ne doit devenir une zone de non droit !
- Quand les effectifs de police seront suffisants, rétorqua le commissaire, j'aimerai négocier la levée du barrage afin de ne pas envenimer inutilement les choses. Nous devons nous montrer fermes, certes, mais le recours à la force ne doit intervenir qu'en cas d'échec des solutions pacifiques.
- On ne négocie pas avec des fauteurs de troubles ! On réprime leurs agissements !
- Mes objectifs sont de démanteler la barricade et d'auditionner El Kanbi. Si nous arrivons à les réaliser sans charger les manifestants, tant mieux.

Il se tourna vers Gaudimard.

- Vous qui les connaissez un peu, inspecteur, pensez-vous qu'El Kanbi ou l'émir aient pu assassiner Bonnefeu et son amie ?
- Pourquoi l'auraient-ils fait ? demanda le sous préfet perplexe.

Il redoutait que de tels soupçons ne complique la sortie de crise.

- Pour laver la souillure d'une liaison entre un chrétien et un musulman. Ils étaient amants.

- Ils en sont capables ! estima Gaudimard. Mais dans c'est le cas, ils publieront un communiqué pour revendiquer les crimes. Ils ne laisseront pas une telle action dans l'ombre.
- Ils s'accuseront publiquement de meurtre ? s'étonna le sous préfet.
- Non, mais ils créeront un groupement de pacotille, pour revendiquer les exécutions. Les initiés sauront vite qui est derrière ce mouvement.
- Absurde ! jeta Vaugas Pourquoi diable auraient-ils tué en premier Bonnefeu et attendu ensuite quatre jours pour assassiner sa maîtresse ! Ridicule !
- Pour la faire souffrir ! rétorqua Gaudimard. A leurs yeux, c'est elle la plus coupable.
- Et vous, commissaire, que pensez-vous de cette hypothèse ? demanda le sous préfet Briffaut mal à l'aise.

Il espérait que Gérard ne s'acharnerait pas sur les deux musulmans et leurs ménagerait une porte de sortie honorable.

- Nous devons procéder à des vérifications et ne rien négliger. C'est pour cela que nous devons interroger El Kanbi et Abdallah et contrôler leurs alibis.
- Revenons au problème du barrage, soupira Briffaut. Arriverez-vous, commissaire, à le démanteler sans trop de casse, si vous deviez charger ?
- Je ne peux rien vous promettre ! Le quartier offre une grande possibilité de repli pour les manifestants. Et je me répète ce sont des enfants. On ne peut pas les charger brutalement et les disperser à coup de matraques. Je préfère une solution pacifique.

Vaugas explosa :

- Une solution pacifique ! Vous voulez juste sauver les apparences, éteindre superficiellement l'incendie et laisser le feu couver sous la cendre ! Nous devons nous montrer ferme dés le début, ne leur laisser aucune échappatoire, aucune position où ils se croiraient victorieux. Nous ne ferions que les encourager dans leur délire. Négocier, c'est capituler et leur offrir la victoire sur un plateau.
- Alors que monsieur le préfet décuple les effectifs qu'il met à ma disposition afin de les submerger par le nombre. Là, la casse sera limitée !
- Impossible ! prévient Briffaut.
- Monsieur le préfet, c'est à vous de trancher ! Je tente de discuter ou j'emploie immédiatement la force comme le suggère monsieur le procureur ?

Le haut fonctionnaire, embarrassé, demanda après quelques instants de réflexion.

- Que négocierez-vous, exactement ?
- Le démantèlement de leur barrage et le droit pour nous de circuler dans le quartier et d'interroger qui bon nous semble.
- Gaudimard, pensez-vous que des pourparlers puissent aboutir ?
- Non ! Ils tiennent à leur épreuve de force.

Briffaut pesa longuement le pour et le contre et finit par jeter :

- Négociez et faites-le savoir à la presse. Nous devons apparaître conciliants pour mieux faire ressortir leur intransigeance. Si vos discussions échouent, j'aviserai. Je suis d'accord avec vous. Avec des enfants, il faut marcher comme sur des œufs.
- Voulez-vous mener les pourparlers ? Vous êtes plus qualifié que moi pour ce rôle.
- Certainement pas ! Je leur donnerai trop d'importance. Je vous en charge ! Mais vous me tiendrez compte régulièrement du déroulement de vos entretiens.

Philippe Villard erra le reste de l'après-midi dans les rues de Valenciennes. Lui qui avait tant pesté contre l'obligation d'y rester, ne parvenait pas à quitter la ville. Il avait connu Valenciennes au tout début du mandat de Beaulieu et pouvait mesurer le chemin parcouru. Les trottoirs du centre ville allaient être refaits. Le tramway arriverait l'année prochaine. La ville allait changer du tout au tout. Villard avait cru dans Beaulieu. Cette rupture brutale, qu'il n'avait pas préméditée, le laissait désemparé. Il se sentait vide, débarrassé de tout projet, de tout avenir. Une page de sa vie venait de se tourner. Il lui faudrait trouver un autre journal, se reconvertir. Il aurait du mal. Qui voudrait de lui ? Beaulieu avait beaucoup d'influence dans la presse.

Il décida d'attendre Sophie devant le palais de justice. Pourtant, il n'éprouvait pour elle, rien qui ne ressembla à un sentiment amoureux. Elle n'était qu'une conquête parmi d'autres, une fille qu'il oublierait rapidement. Mais elle symbolisait Valenciennes, cette parenthèse qui se refermait et il avait besoin de prendre congé d'elle.

La jeune femme ne chercha pas à le fuir. Elle se résigna à le suivre dés qu'elle le vit. Elle fallait qu'elle boive, jusqu'à la lie, le vin amer qu'elle avait tiré.

- Je pars, dit-il après qu'ils se furent installés dans la voiture de Philippe. J'ai rendu les clés de ma chambre d'hôtel. J'ai mes bagages dans le coffre. Dans quelques minutes, je filerai vers Paris. Je ne reviendrais jamais à Valenciennes.

Sophie ferma les yeux. Le cauchemar prenait enfin fin. Mais en même temps cette séparation brutale lui faisait mal.

- Pourquoi es-tu venu me l'annoncer ? dit-elle d'une voix plus émue qu'elle ne l'aurait voulu. Tu aurais pu partir sans me revoir.
- J'aurai pu, en effet.

Il se tut quelques instants.

- Sophie, commença-t-il.

Mais il ne savait plus quoi dire. Il la regarda. Elle baissait les yeux. Il eut peur un instant qu'elle ne lui fasse une scène ou qu'elle pleura. Il serait peut être, pour Sophie l'aventure de sa vie, l'unique accroc d'une vie conjugale monotone, dont elle se souviendrait jusqu'à la fin de sa vie.

- Tes vêtements sont sur la banquette arrière. Prends-les !
- Non, non protesta-t-elle, aux bords des larmes. Cela serait trop…- Elle cherchait ses mots- ... sordide.
- Je suis désolé.
- Pourquoi es-tu désolé ? Tu ne m'as rien promis et je n'attendais rien de toi. Le marché était équitable et sans malentendus.

Elle ajouta, en serrant les dents.

- Fais-moi l'amour.
- Je n'ai plus le temps. Je dois rentrer à paris.

Elle ouvrit brutalement la portière et s'enfuit. Le cœur serré, il la regarda s'éloigner dans le rétroviseur.

Dominique Beaulieu avait été prévenu de l'agitation qui s'était emparé du quartier musulman de sa ville. Il y a peu de temps, il se serait précipité sur les lieux et aurait essayé d'apaiser les tensions. Mais il était découragé et son rôle de maire pesait sur ses épaules. Il n'arriva sur place qu'après la tombée de la nuit. Des journalistes locaux étaient là et ils se précipitèrent vers lui.

- Monsieur le maire, que pensez-vous de la situation ?

Mais lui d'ordinaire si disert, écarta les micros et les photographes et continua l'air sombre. Il aperçut le commissaire qui discutait avec ses subordonnés et se dirigea vers lui. Richier interrompit sa conversation pour aller à sa rencontre.

- Bonjour, vous tombez bien. Je vais essayer une nouvelle fois de leur faire entendre raison. Venez m'appuyer dans mes négociations !

La compagnie de C.R.S que le sous préfet avait promise, venait seulement d'arriver de Lille. En l'attendant, Gérard avait été, à plusieurs reprises, voir l'émir Abdallah mais il avait parlé à un sourd. Beaulieu baissa la tête et bredouilla :

- Pardonnez-moi si je suis en retard. Je n'ai pas pu me libérer avant.

Il était resté dans son bureau prostré, incapable de réagir. Les accusations de Villard l'avaient anéanti. Si le journaliste croyait à sa culpabilité, son combat était vain.

- Vous venez ?

Le maire acquiesça d'un imperceptible mouvement de tête. Ils marchèrent en silence vers la voiture renversée sur le toit qui continuait à narguer les policiers.

- Encore vous ! hurla Abdallah.
- Tant que je n'aurais pas obtenu satisfaction, je reviendrai. Il est hors de question que je tolère votre barricade.
- Vous êtes un rigolo ! Sur quel ton faut-il que je vous le dise de nous laisser tranquille ! J'en ai marre de me prendre la tête avec vous.

Puis il se tourna vers le maire :

- Et il ne manquait plus que vous ! J'en ai rien à foutre de vos salades ! Gardez vos conneries pour vous !

Autrefois, Beaulieu aurait su quoi répondre. Il aurait improvisé un discours, exhorté le rebelle à négocier un compromis. Mais le ressort était brisé. Beaulieu ne croyait plus assez en lui pour en imposer aux autres. Il balbutia :

- Pourquoi interdisez-vous aux policiers d'aller plus loin ?
- La question qui tue ! Vous êtes idiot ou quoi ? Les fidèles sont désormais maîtres chez eux. C'est quand même pas dur à comprendre ! A partir d'aujourd'hui, n'entrerons dans ce quartier que ceux qui y seront autorisés ! Donc pas de flics et pas de politicards ! Retirez vos copains, commissaire ! Ils perdent leur temps ! Ils ont plein de boulot à faire ailleurs !
- Mes hommes ne partiront que si la voie est libérée !
- Si vous promettez de ne plus nous emmerder, on enlève la voiture !
- Enlever la voiture ne suffit pas ! Il faut aussi que vous nous laissiez faire notre travail.
- Votre travail ! Vous vous foutez de moi ! Depuis des années, les flics n'ont pas levé le petit doigt pour nous ! Ils ont laissé les dealers du quartier empoisonner les gens avec leur dope. Désormais je veille au grain et ces salauds ne poseront plus le pied chez nous. En deux jours, j'ai obtenu plus de résultats que vous en dix ans !

- Si vous avez des noms de dealers à nous donner, nous sommes preneurs.
- Dégagez ! J'en ai marre ! maugréa Abdallah en tournant le dos.

Richier comprenant qu'il était inutile de discuter, s'éloigna suivi de Beaulieu.
- J'ai fait l'impossible ! le prit-il à témoin.

Vaugas avait raison. Négocier était absurde. Cela mettait Abdallah en position de force. En soupirant, Gérard composa le numéro du sous-préfet
- Ici, Richier. Les discussions ne donnent rien. En fait, on ne peut même pas parler de négociations. Ils refusent de nous parler. Je pense, malheureusement, que nous devrons employer la force.
- Lancez leurs un ultimatum ! Placez-les devant leurs responsabilités. Ou ils se dispersent. Ou ils assumeront leur geste devant les tribunaux.
- Ils savent ce qu'ils risquent. Je les ai déjà avertis à plusieurs reprises et je ne crois pas que les menacer soit opportun. Les jeunes commencent à se lasser et à rentrer chez eux. Un ultimatum les remobiliserait.
- Que préconisez-vous ?
- D'attendre encore sans chercher à négocier. De frapper au petit matin lorsqu'ils ne s'y attendront pas et qu'ils seront moins nombreux.

Le haut fonctionnaire hésita, avant de donner un semblant de feu vert :
- Pas de violences inutiles ! Je ne veux pas que des enfants soient blessés !

Gérard était un peu écœuré par la sémantique sous-préfectorale qui faisait tout pour se protéger d'éventuelles bavures.
- Je ferai le maximum, mais je ne vous promets rien.
- Faites pour le mieux ! recommanda le haut fonctionnaire avant de raccrocher.

Beaulieu était retourné vers les journalistes. Leur nombre s'étoffait. Une équipe de télévision de la première chaîne était même arrivée sur les lieux. Il ne pouvait plus se dérober aux questions de la presse. Malgré le trouble qui l'envahissait, il essaya de faire bonne contenance.
- Monsieur le maire, que pensez-vous de la situation ?

Il hésita. Les mots se dérobaient. Il ne trouvait rien de pertinent à dire.
- Espérons que le calme va vite revenir, bredouilla-t-il.
- Votre politique urbaine ne se trouve-t-elle pas mise en échec par cette émeute ? lança le reporter de TF1.

Le journaliste était le correspondant de la chaîne à Lille et il avait souvent et, complaisamment, interviewé Beaulieu sur ses réalisations. Le maire se tourna vers lui. Il avait raison : sa politique venait d'échouer. Il ne s'était jamais intéressé à ce quartier, lui préférant Dutemple sur lequel il avait concentré ses efforts. Une vague de découragement le submergea. Décidément, son œuvre s'effondrait de partout.

- Non je ne pense pas, essaya-t-il de plaider sans conviction. Il ne faut pas surestimer ces incidents. Simplement, la route pour améliorer Valenciennes sera encore très longue.

Ses paroles étaient creuses mais il n'en pouvait plus et les mots le fuyaient. Il secoua les bras en signe d'impuissance et incapable de rester plus longtemps, s'éloigna en ignorant les questions des journalistes.

«*Je donne un spectacle pitoyable.* », se dit-il.

L'idée du renoncement le traversa tout à coup. Pourquoi s'accrocher à un rêve qui s'écroule ? Il dut lutter de toutes ses forces pour ne pas se retourner et crier qu'il démissionnait de son poste.

Gérard regarda le jeune homme tremblant qui se tenait en face de lui. Ses subordonnés venait d'appréhender Guffard qui se cachait chez un ami.

- Vous n'avez pas une cigarette commissaire ? se plaignit *H888*.
- Non désolé. On ne fume pas dans un lieu public. Pourquoi avez-vous commis ces attentats ?
- Je voulais plaisanter.
- Plaisanter ! Votre dernière bombe était amorcée, prête à tuer.
- Elle était inoffensive ! Si le conseiller d'éducation a été blessé, c'est la faute à pas de chance.
- Pourquoi l'avez-vous amorcée ? La lettre piégée ne vous a pas suffit. Pourquoi êtes vous allé plus loin ?
- Je voulais frapper un grand coup, qu'on parle de moi. Les journaux ne m'avaient pas pris du sérieux lors des autres tentatives.

Gérard était écœuré par son attitude irresponsable. Il faisait la paire avec Halek. Tous les deux étaient incapables de discerner le bien et le mal, le réel, du virtuel et prenaient le monde pour un terrain de jeu. De plus, ils n'étaient sans doute que des découvertes collatérales, sans lien avec le fond de l'affaire. Si Bonnefeu n'avait pas été tué, on ne les aurait pas appréhendés. Richier décida de ne pas s'attarder et de retourner à la barricade. Seul le désir de rencontrer *H888*, l'avait fait revenir en coup de vent au commissariat. Mais Guffard n'avait aucun intérêt et il avait perdu son temps.

XII

Quand Gérard se leva, sa femme grogna et demanda d'une voix ensommeillée :

- Déjà ? Quelle heure est-il ?
- Six heures, tu peux encore dormir.

Mais elle se redressa sur ses coudes et le regarda, échevelée.

- Pourquoi te lèves-tu si tôt ?

Gérard lui sourit tendrement.

- Je repars sur le terrain. Nous allons démanteler la barricade, traquer El Kanbi et Abdallah.
- A quelle heure es-tu rentré ?

Elle ne l'avait pas entendu. Elle dormait, assommée par ses médicaments.

- Vers deux heures du matin. J'ai renvoyé une bonne partie de mes hommes chez eux.
- Que s'est-il passé cette nuit ? demanda-t-elle en repoussant les draps.
- Il n'y a pas dû se produire d'événements nouveaux pendant le peu de temps que j'ai dormi sinon on m'aurait prévenu.

Hélène sortit du lit et s'approcha de son mari, les yeux vides.

- Ni Abdallah, ni El Kanbi n'ont sûrement commis la sottise de dormir chez eux. On va devoir fouiller le quartier. Il y a quatre grandes barres d'immeubles bourrés d'appartements. Cela ne sera pas facile.
- Arriveras-tu à contrôler la situation ?
- Je n'en sais vraiment rien ! lança-t-il, en sortant de la chambre.

Elle le suivit dans la cuisine.

- Tu devrais aller te recoucher, conseilla-t-il gentiment.

Mais elle haussa les épaules.

- Je ne me rendormirai pas.

Elle avait parlé sur ce ton méchant qu'il détestait. Mais, ce matin, il était trop pressé pour se préoccuper de ses états d'âme. Il mit la cafetière en route.

- Hier soir, commença-t-elle j'ai lu un article sur la multiplication des naissances multiples.

Il serra la poignée de la cafetière.

- Tout dépend de l'inducteur d'ovulation utilisé, répondit-il en s'efforçant de garder son calme.
- J'aurais des quintuplés ! hurla-t-elle.
- Non ! Non ! Tu n'en auras pas !

Pris d'un accès de rage, il ajouta.

- J'en ai assez ! Puisque tu es incapable de te raisonner nous ne ferons pas d'enfant. Nous ne prendrons aucun risque.

Il se calma aussitôt et reprit d'une voix blanche.

- Je suis désolé. Je me suis énervé.

Elle lui jeta un regard haineux et sortit de la pièce. Il ne sentit pas le courage de la suivre et de déclencher une de leurs interminables discussions. Il n'en avait pas le temps non plus. Il mangea son petit déjeuner sur le pouce et s'apprêta en vitesse. Avant de sortir, il passa, penaud, la tête dans l'embrasure de la chambre conjugale, où elle s'était réfugiée. Elle était étendue sur le lit les yeux ouverts, regardant le plafond.

- Pardon, dit-il.

Elle ne répondit pas.

- Je pars sinon je serai en retard. reprit-il.

Elle se redressa sur ses coudes.

- J'ai besoin d'un inspecteur. J'ai des vérifications à faire.

Cette demande ne l'arrangeait pas. Tous ses inspecteurs lui étaient indispensables mais dans un esprit de conciliation il proposa :

- Je te prête Lebeuf. Je te l'envoie au palais de justice ?
- Oui, qu'il me retrouve là-bas à huit heures.
- Tu as une piste ? Une idée ?

Mais elle refusa de lui répondre et il sortit en se demandant quelle lubie sa femme avait en tête.

Gérard rejoignit ses hommes. Les policiers étaient épuisés. On avait renvoyé ceux qui avaient monté la garde mais la nuit des autres avait été trop courte pour récupérer. La majorité des CRS avaient somnolé dans leurs camions. Gaudimard l'inspecteur des renseignements généraux était là également. La barricade était curieusement déserte. Ils la contournèrent en silence et s'approchèrent de l'immeuble où vivait la famille El Kanbi. Ils attendirent à l'abri d'un bosquet d'arbres que l'heure légale du lever du soleil fut dépassée. Ils se précipitèrent alors à l'intérieur de l'H.L.M et grimpèrent quatre à quatre les escaliers. Gérard dut tambouriner à la porte des parents de Yasmina plusieurs minutes avant qu'on ne leur ouvrit.

Gérard bouscula la mère effarée et pénétra dans l'appartement suivi de ses hommes. Le père tenta de leur barrer le chemin.

- Vous n'avez pas le droit !
- J'ai un mandat de perquisition, lui apprit Richier en l'écartant avec ménagement.

Il se précipita dans les chambres. Il en avait trois. Dans l'une, le lit était défait. Dans les deux autres, il était intact.

Il retourna dans la salle à manger où se tenaient les parents.

- Où est votre fils, demanda-t-il gentiment.

Mais les El Kanbi ne daignèrent pas lui répondre. Gérard n'insista pas.

- Dés que nous aurons trouvé des témoins, nous perquisitionnerons, avertit-il.

Lebeuf, qui était allé voir dans la cuisine, revint en annonçant :

- Il y a cinq assiettes sales dans l'évier.
- Avez-vous reçu du monde à dîner ?
- Cela nous regarde, répliqua la mère.
- Votre fils a-t-il tué sa sœur ?

Il n'y eut aucune réponse.

- Savez-vous où il se trouvait hier matin ?
- Il était ici. Il n'a pas quitté l'appartement.
- Et samedi matin ?
- Pareil.
- Quand la perquisition sera terminée, nous vous emmènerons au commissariat signer une déposition.

Puis il ajouta en se tournant vers Lebeuf et Gaudimard.

- Maintenant, on va s'occuper d'Abdallah.
- Avant d'aller chez lui dans l'immeuble d'en face, fouillons les caves de celui-ci, proposa Gaudimard. On a plus de chance de les trouver là que chez l'émir.

Gérard hésita, avant de suivre le conseil.

- Soit, mais en vitesse.

Un gardien de la paix entra à ce moment là suivi d'un couple d'une quarantaine d'années.

- Ce sont les gardiens de la résidence, expliqua-t-il. Aucun voisin n'a accepté de servir de témoin.
- Vous tombez bien, dit Gérard combien les caves ont-elles d'entrées ?
- Trois, répondit le gardien visiblement mal à l'aise. Deux aux extrémités et une au centre.

- Allons-y dit Gérard.

Les caves constituaient un vrai dédale et Gérard y resta plus de temps qu'il ne l'avait prévu. Les aiguilles de sa montre tournaient inexorablement augmentant les risques d'affrontement au fur et à mesure que le quartier s'éveillait. Mais les coursives noires et malodorantes semblaient vides. Sans conviction ils allaient visiter le dernier tronçon inexploré lorsqu'ils entendirent des bruits. Ils se précipitèrent. Le faisceau de leur lampe accrocha trois sacs de couchage et des couvertures étendues sur le sol.

- Dans le couloir de droite, hurla Lebeuf.

Ils se mirent à courir, sûrs de capturer leurs proies. L'immeuble en effet était cerné par in cordon de policiers.

Ils les rattrapèrent à l'entrée de la cave. Les fugitifs avaient essayé de sortir mais se trouvant nez à nez avec les CRS avaient dû faire demi-tour. Les policiers ceinturèrent trois hommes. Ils reconnurent parmi eux El Kanbi et Abdallah. Les prises étaient bonnes.

- Avez vous tué Yasmina El Kanbi fut la première question du commissaire à Abdallah après que les menottes furent passées aux suspects.

Pour toute réponse, l'émir émit un rire sardonique. Le téléphone portable de Gérard sonna à ce moment là. C'était un de ses inspecteurs, resté au dehors.

- Patron, cela commence à chauffer. On jette des pierres sur nos cars de police. Des gosses et des adultes.
- On va partir, le rassura Gérard.

Il téléphona aux policiers chargés de la perquisition. Elle était terminée et n'avait rien donné.

- Nous fouillons sommairement cette cave et nous quittons le quartier décida Gérard. Nous avons rempli nos objectifs.

Dominique Beaulieu n'avait pas beaucoup dormi. Toute la nuit, il avait ressassé son échec et son impuissance. Il avait bâti son édifice politique sur du sable et il s'écroulait. Il était persuadé qu'il ne pouvait plus le sauver. Et comme il était incapable de se complaire dans l'échec, il n'avait plus qu'une hâte, tourner la page. C'était une caractéristique de son caractère. Se donner à fond pour une tâche et l'abandonner brutalement dès qu'il sentait qu'il ne pourrait venir à bout des obstacles.

Lorsqu'il se leva, il avait pris une décision et il forma aussitôt le numéro personnel de sa secrétaire. Il insista jusqu'à ce qu'elle décrocha.

- Valérie, dit-il sans s'excuser pour l'heure matinale, convoquez la presse pour ce matin onze heure, je vais faire une déclaration. Faites leur miroiter du sensationnel.

Gérard avait préféré interroger l'émir plutôt qu'El Kanbi. Mais Abadallah ne se montrait pas coopératif.

- Où étiez-vous, hier matin, répéta-t-il une nouvelle fois.
- Mêlez-vous de vos oignons !
- Je fais mon métier ! Je dois élucider deux meurtres !
- Pour l'un ce n'est pas la peine ! Une apostate mérite la mort ! Personne ne pleure Yasmina El Kanbi ! C'était une prostituée.
- Auriez-vous été fier de l'exécuter ?
- Votre ficelle est trop grosse, commissaire. Je ne vais pas tomber dans votre piège ! Avouez ! Cela vous arrangerait bien que l'assassin soit un islamiste !
- Quelles études avez-vous faites ? Vous possédez un vocabulaire assez étendu.
- Oh le raciste ! Tous les Arabes ne sont pas incultes ! J'ai une L2 de lettres.
- On m'a parlé de vos idées. Que préconisez-vous ?
- Demandez-moi plutôt à quoi je rêve !
- A quoi rêvez-vous ?
- A un pays où les musulmans vivraient ensemble dans leurs quartiers, sous leurs lois propres. Tout le monde aurait à y gagner. Les fidèles seraient à l'abri, loin des tentations d'une société qui n'est pas faite pour eux. Vous les Kaffirs, vous seriez tranquilles. Vous seriez débarrassés de nous. Nous vivrions entre nous sans plus vous embêter. Même la délinquance que vous nous reprochez disparaîtrait.
- Je trouve votre vision désespérée.
- Du tout ! Elle est très réaliste au contraire.
- Et quelle place assignez-vous aux musulmans renégats dans la société que vous rêvez ?
- Vous êtes tenace ! Je dois vous répondre qu'on les tue ?

Gérard était troublé par les esquives répétées d'Abdallah. S'il était innocent, pourquoi ne pas le dire franchement ? Pourquoi toujours biaiser et entretenir l'équivoque ? Son instinct de policier, qui lui faisait pressentir les coupables, se réveillait. Plutôt que de continuer un interrogatoire qui s'avérait stérile, il décida d'aller voir la mère de Yasmina, qu'on avait également amenée au commissariat.

Madame El Kanbi était recroquevillée sur son siège. On l'avait séparée de son mari, pour vérifier si leurs deux déclarations coïncidaient. Elle leva la tête et jeta un regard désespéré à Gérard.

- Aimiez-vous votre fille, madame ? demanda-t-il brutalement.

Elle ouvrit la bouche sans répondre.

- Votre mari et votre fils l'ont reniée, mais vous, madame, vous ne l'aimiez plus ?
- Elle nous avait rejetés. Elle ne voulait plus de nous.
- J'ignore ce qui s'est passé entre vous mais je ne crois pas que les liens de l'amour puissent se rompre. Vous, avez vous cessé de l'aimer ?

Elle baissa la tête et avoua d'une voix très faible.

- Non ! Non !
- Ne préfériez-vous pas qu'elle soit toujours en vie ?

Elle se redressa et murmura le visage crispé :

- Oui.
- Si son frère était l'assassin, l'approuveriez-vous ? Le protégeriez-vous ?
- Ali n'a pas tué Yasmina, hurla-t-elle, mais son cri était étrange et il résonna comme un demi-aveu aux oreilles de Gérard.
- Il faudra le prouver !
- Il était chez nous !
- Qui peut le confirmer ?
- Mon mari ! Les voisins ! Je ne sais pas !
- Vous protégez l'assassin de votre fille, madame !
- Non. Ce n'est pas lui ! Il est innocent !
- Alors c'est Abdallah !
- Non ! Non !

Il essaya encore pendant un quart d'heure de la faire parler mais il échoua. Il finit par la laisser entre les mains d'un de ses inspecteurs. Il aurait du mal à prouver la culpabilité de l'émir ou d'El Kanbi. Tous les habitants du quartier seraient solidaires entre eux. Vérifier l'emploi du temps des suspects, rechercher des témoins, et passer le quartier au peigne fin pour retrouver l'arme du crime était pour l'instant impossible vu l'excitation qui régnait. Il téléphona à sa femme :

- Hélène, je crois qu'on avance, annonça-t-il. Abdallah me paraît de plus en plus suspect.
- D'accord.

Sa voix était bizarre.

- Et toi ? Où en sont tes vérifications.
- Elles ne sont pas terminées ! rétorqua-t-elle glaciale.

Il n'insista pas.

- Je te rappelle, dit-il en éteignant le portable.

L'inspecteur Mallard qu'il avait laissé en arrière pour surveiller de loin les événements lui téléphona sur ces entrefaites.

- Patron. Cela barde. Ils ont envahi l'avenue Villard. Ils veulent marcher sur le centre ville. Les C.R.S sont sortis de leurs cars et les bloquent à la hauteur du rond-point Churchill juste avant le pont Wilson.
- J'arrive.

Il roula très vite pour se rendre sur les lieux de l'émeute. Les CRS étaient déployés visière rabattue sur les yeux au travers de l'avenue. En face d'eux se trouvaient une cinquantaine de jeunes beurs encore plus surexcités que la veille. Mallard alla au devant de son chef.

- Le temps que vous arriviez, ils ont démoli un Abribus et brûlé une voiture.

Richier grimaça. Les C.R.S étaient trop peu nombreux, juste une arrière garde laissée pour surveiller le quartier. Leurs camarades étaient rentrés se reposer.

- Qu'hurlent-ils ? demanda Gérard qui n'arrivait pas à saisir le sens des cris.
- Libérez Abdallah ! Ils répètent ce slogan depuis une demi-heure sans s'arrêter !

Gérard appela le sous préfet et exposa rapidement les faits.

- Je vous renvoie le reste de la compagnie mais je n'ai pas d'autres renforts à vous donner avant la fin de la journée, annonça le haut fonctionnaire.
- C'est insuffisant. Ils vont mettre le quartier à sac. On peut tout juste bloquer le pont Villard et le pont Jacob et les empêcher de gagner le centre ville.
- Et si vous ouvriez avec eux des négociations pour les calmer ?
- Ils réclament la libération d'Abdallah. Impossible de leur donner satisfaction.
- Parce que vous avez besoin de l'entendre sur la mort de Bonnefeu ?
- Oui, entre autres.

Le sous préfet soupira. Il maudit intérieurement cette enquête qui avait déclenché l'émeute.

- Je vais contacter Paris et insister sur l'urgence de la situation. De votre côté, faites de votre mieux pour les contenir.

Dominique Beaulieu regarda, nerveux les journalistes. Il inspira bruyamment et se lança :

- J'ai décidé de démissionner de mon poste de maire et de renoncer à toute activité politique. Les événements qui viennent de se produire à Valenciennes, montrent que je ne suis pas à la hauteur de ma tâche. Je n'ai pas vu venir la crise et je n'ai rien fait pour l'éviter. J'en tire donc les conséquences et je me retire.

Il y eut un moment de stupeur parmi les journalistes avant que l'un d'entre eux ne demande :

- Votre décision est-elle sans appel ? Pouvez-vous changer d'avis ?
- Non. J'ai toujours fait ce que j'ai dit, répliqua-t-il en frappant le pupitre avec le poing.

Un nouveau silence gêné suivit cette réponse énergique.

- Votre réaction n'est-elle pas disproportionnée ? Vous n'êtes pas responsable des incidents de la veille, affirma un des journalistes.
- Si, par mon incapacité à les prévoir.
- Si on suivait votre jurisprudence, aucun maire ne pourrait rester plus de deux ans en poste. Il se passe toujours quelque chose au niveau d'une commune ! Y a-t-il une autre raison qui motive votre démission ?
- Non aucune ! Si je deviens un exemple à suivre, tant mieux ! Si les hommes politiques devenaient responsables de leurs actes, le pays aura fait un grand pas en avant.

Il ne pouvait s'empêcher de donner ainsi une ultime leçon, lui qui s'était toujours présenté comme au-dessus du lot.

- Que répondrez-vous aux questions qu'entend-vous poser le juge ?
- Je réserve la primeur de mes déclarations à la justice.

Il bouillait intérieurement. L'hallali commençait. Il avait bien fait de se retirer. Jamais il n'aurait pu supporter de voir son rêve s'envoler, morceau après morceau. Il valait mieux partir maintenant, affronter une dernière fois les journalistes et se terrer ensuite loin des feux des projecteurs. Une bouffée de désespoir le traversa. Il n'était pas seul en cause dans son naufrage. Il songea à tous ceux pour qui il s'était battu et qui retomberaient dans l'ornière sitôt son départ. C'était ce qui lui plaisait le plus dans son rêve : son côté altruiste. Il luttait pour les autres, pour leur donner une vie meilleure et dans sa mégalomanie, il aurait voulu étendre son altruisme à l'ensemble de la nation en accédant à la magistrature suprême.

- Charles Bonnefeu voulait-il vraiment retirer sa candidature ? Et si oui pourquoi ?
- Je n'ai rien d'autre à ajouter, dit-il en se levant.

Il quitta la pièce en ignorant les questions qui fusaient.

Vaugas était venu à pied sur le lieu de l'émeute. Il était euphorique. Il venait d'apprendre l'incroyable nouvelle : Beaulieu démissionnait. Depuis trois ans, il avait lutté pour faire tomber le sulfureux colosse et il venait sans crier gare de s'écrouler dans la poussière. Il retrouva le commissaire qui contemplait d'un air morne les manifestants.

- Alors, demanda le procureur, comment évolue la situation ?
- Maintenant que tous les renforts de C.R.S sont arrivés, nous ne courrons plus le risque d'être débordés. Il faut attendre qu'ils se calment.
- Vous ne pouvez pas les disperser ?

La fatigue fit lancer à Gérard un regard peu amène au procureur.

- Si nous les dispersons, ils se regrouperont ailleurs. Ici, ils ne feront plus de dégâts. Ils ont brûlé les quelques voitures qui se trouvaient en stationnement et pulvérisé l'Abribus. Les portes du lycée du Hainaut sont fermées à double tour. Ils n'ont plus rien à saccager !
- C'est une honte, grogna Vaugas, de laisser, sans réagir, des émeutiers maîtres du terrain.
- Lorsque monsieur le préfet aura quadruplé les effectifs mis à notre disposition et qu'ils se seront fatigués nous interviendrons en force. Nous investirons leur quartier et mènerons enfin dans de bonnes conditions l'enquête sur le meurtre de Charles Bonnefeu.
- Pourquoi ? Vous soupçonnez toujours les deux petites frappes islamistes ?
- Plus que jamais.
- Avez-vous des indices supplémentaires ?
- Aucun.

Gérard enrageait de devoir rester ici à surveiller l'émeute et de laisser à ses adjoints le soin de conduire les interrogatoires. L'absence de Lebeuf retenu par Hélène pour de mystérieuses, et sûrement futiles, vérifications se faisait cruellement sentir.

- Je ne crois pas du tout à votre thèse, répondit, méprisant, Vaugas. Vous devriez plutôt fouiller du côté de Beaulieu. Il a démissionné de ses fonctions de maire.
- Ah bon !
- Qui se sent morveux se mouche ! Pourquoi quitterait-il ses fonctions s'il n'avait rien à se reprocher ? C'est lui le principal suspect !
- Nous mènerons nos investigations de ce côté lorsque nous en aurons fini avec cette émeute.
- Il faut aller vite ! Il doit être déstabilisé. Si votre femme le place dés aujourd'hui en garde à vue, peut être, craquera-t-il !

Vaugas attribuait la démission de Beaulieu à la panique. Il se disait qu'il l'avait surestimé : il était finalement fragile nerveusement et il fallait lui porter l'estocade finale avant qu'il ne ressaisisse. Il regrettait une nouvelle fois d'avoir confié l'affaire à l'incontrôlable Hélène Richier. Il sentait qu'elle allait une nouvelle fois temporiser alors qu'il fallait foncer.

- Une garde à vue me paraît prématurée. Pour l'instant, nous n'avons aucun indice probant contre lui. Enfin c'est à ma femme de décider, répliqua Gérard sur un ton ferme.

Un accès de colère le prit. Il prit son téléphone portable et composa le numéro de son épouse.

- Allô ! as-tu encore besoin des services de Lebeuf ? J'en ai absolument besoin !
- Je vais te le renvoyer. J'ai terminé mes investigations. J'ai élucidé les meurtres de Bonnefeu et d'El Kanbi.

Epilogue

Gérard resta quelques secondes sans réagir.

- Tu as élucidé les meurtres ? finit-il par balbutier, mais qui est le coupable ?
- Martine Bonnefeu.
- Mais …
- Viens à mon bureau ! le coupa-t-elle glaciale. Je t'expliquerai !
- Non je ne peux pas ! Pourquoi l'as tu soupçonnée ?
- J'ai réfléchi aux mobiles et aux circonstances. La femme d'un mari infidèle est toujours suspecte lorsqu'un meurtre se produit. De plus la balistique indiquait que l'assassin avait tiré les coups qui avaient atteint Bonnefeu prés de la grille, peut être en passant sa main à travers les barreaux. Pourquoi quelqu'un venant de l'extérieur aurait-il fait feu si prés de la clôture ? Cela désignait donc quelqu'un habitant le lycée. J'ai trouvé bizarre son coup de fil demandant une protection policière. Son ton n'était pas naturel. J'ai fait des vérifications : une seule radio avait parlé du meurtre de Yasmina El Kanbi avant l'heure de son appel, une petite radio locale qui émet depuis le campus de l'université. Cela aurait une sacrée coïncidence s'il elle l'avait écouté. J'ai contacté Marc Bonnefeu : il m'a appris que sa mère avait été autrefois championne de tir et qu'elle possédait encore une arme.

Son ton était professoral, cassant.

- Avant d'effectuer une perquisition au lycée, j'ai assuré mes arrières. Je me suis dit que Martine Bonnefeu ne pouvait pas conduire dans son état. J'ai envoyé Lebeuf interroger les chauffeurs de taxi. Il a fini par en dénicher un qui se souvenait avoir emmené hier matin une vieille dame prés du domicile d'El Kanbi.

Hélène sonna à la porte plusieurs fois avant que Martine Bonnefeu ne lui ouvrit.

- *Encore vous !*

Hélène s'écarta pour permettre au chauffeur de taxi qu'ils avaient amené avec eux d'identifier la femme du proviseur.

- C'est elle ! confirma-t-il.

La juge se tourna vers lui.

- *Je vous remercie, monsieur. Laissez vos coordonnées à l'inspecteur. Je vous convoquerai ultérieurement pour prendre votre déposition. Pour le moment vous pouvez disposer.*

Elle ajouta à l'intention de la veuve :

- *Madame, nous allons perquisitionner votre appartement.*
- *Inutile de tout mettre à sac. Vous voulez le revolver n'est ce pas ?*
- *En effet.*

Martine Bonnefeu la conduisit dans sa chambre.

- *Le voilà, dit-elle en désignant une arme pendue au mur.*
- *Pourquoi avez-vous commis ces meurtres ?*
- *Mais pour me venger ! C'est évident !*
- *Comment avez-vous appris sa liaison ?*

Madame Bonnefeu sembla avoir un malaise et s'accrocha au mur. Mais elle se redressa aussitôt.

- *Asseyez-vous, proposa Hélène.*
- *Non ! Non ! Charles m'a tout avoué le soir de son entrevue avec Beaulieu lorsqu'il m'a appris qu'il retirait sa candidature.*
- *Il l'a fait spontanément ?*
- *Oh que non ! J'ai dû lui tirer les vers du nez. Je lui ai lancé à la figure que quelqu'un lui avait soufflé sa décision de se retirer. Je l'ai mis au défi de jurer sur la tête de Marc qu'il ne connaissait pas une autre femme. Il en a été incapable et a admis qu'il fréquentait une fille.*
- *Quand avez-vous décidé de le tuer ?*

Elle haussa les épaules et ne répondit pas.

- *Est-ce si important pour vous de tirer vengeance de sa trahison ? Etiez vous blessée par sa liaison ?*
- *Mais non. Je ne suis plus bonne à rien. Pourquoi aurais-je été blessée ? Je ne suis plus qu'un cadavre ambulant !*
- *Alors pour qu'elle raison l'avez vous assassiné ?*
- *Vous ne pouvez pas comprendre !*
- *L'aimiez-vous à ce point ?*

Martine Bonnefeu une nouvelle fois ne répondit rien.

- *Il allait vivre une autre vie, heureuse mais sans vous ! C'est cela que vous n'avez pas pu supporter ?*
- *Vous ne pouvez pas comprendre.*
- *Comment avez-vous procédé pour abattre votre mari ?*
- *Quelle importance ?*
- *Vous voulez vous asseoir ?*

- *Non ! Non.*
- *Vous l'avez guetté dans le couloir en bas de chez vous et vous vous êtes précipitée quand vous l'avez vu ?*
- *Si vous le dites !*
- *Vous ne voulez vraiment pas vous asseoir ou que je fasse venir un médecin.*
- *Je vous répète que non !*
- *Pourquoi l'avez vous tuée, elle ?*

Martine Bonnefeu se redressa.

- *Il était mort. Elle ne pouvait pas lui survivre.*
- *Pourquoi avez-vous attendu quatre jour avant de l'assassiner à son tour ?*
- *Je ne connaissais son existence mais pas son nom. C'est mon fils qui après son entrevue avec votre mari m'a appris qui elle était. Je n'ai eu aucun mal à trouver son adresse.*
- *Comment avez-vous fait dans votre état ?*
- *J'ai rassemblé mes forces et serré les dents. Moi qui suis déjà morte, j'étais les deux fois habitée par une rage sans nom. Et je voulais la voir, savoir qui elle était. Depuis le temps que je luttais contre une ombre ! Je me doutais bien avant qu'il ne me l'avoue que mon époux avait une liaison.*
- *Avez-vous des remords ?*
- *Bien sûr que non ! J'ai juste des regrets de ne pas m'être mieux organisée afin que vous ne découvriez pas la vérité et protéger Marc.*
- *Allez-vous reposer. Vous n'êtes pas en état de nous suivre au palais de justice. Je vais demander à ma greffière de venir et j'enregistrerai vos aveux. Ensuite, nous vous vous conduirons à l'hôpital.*
- *Pouvez-vous avertir mon fils ? Je ne veux pas qu'il apprenne ce qui s'est passé par les journaux.*
- *Je le ferais, promit Hélène que ce sentiment maternel et humain chez Martine Bonnefeu, déconcerta quelque peu. Allez vous coucher ! Je vais appeler ma greffière.*

Lorsque la juge replia son téléphone portable, la veuve était toujours debout.

- *Vous aviez conçu un plan ?*
- *Pas vraiment ! Le matin où j'ai tué Charles j'avais l'esprit brumeux. Je nourrissais la vague idée de charger Bonchard. Mon mari me racontait qu'il le voyait de temps en temps lors de sa promenade. Bonchard le guettait sans oser lui parler. Je me disais que la police lui ferait endosser le crime.*
- *Quelqu'un aurait pu vous voir !*
- *Sur le coup, je m'en moquais. Je voulais qu'il meure ! Le reste n'avait aucune importance !*

Elle releva la tête et regarda son interlocutrice bien dans les yeux.

- *J'ai eu beaucoup de chance la première fois. Personne ne m'a vue et j'ai pu ainsi parachever ma vengeance.*
- *Je vous interdis de parler de chance, la corrigea Hélène. Yasmina El kanbi en est morte.*

- Voilà, elle a avoué. Je doute qu'elle tienne jusqu'au procès.

Gérard sentit comme une pointe de triomphe dans la voix de sa femme.

- Il y a longtemps que tu la soupçonnais ?
- Non ! C'est en reprenant les éléments de l'affaire que je l'ai portée en haut de la liste des suspects.
- Pourquoi ne m'en as-tu pas parlé ?
- A quoi bon ? rétorqua-t-elle agressive. Tu serais monté sur tes grands chevaux. Tu m'aurais démontré par A+B qu'elle n'était pas coupable.

Il n'avait pas envie de polémiquer avec elle et prit congé. Il se tourna vers Vaugas qui avait deviné la nouvelle grâce à la teneur de ses réponses.

- Nous nous sommes trompés tous les deux et bien trompés !

Le procureur ne répondit rien. Il semblait crispé et rageur. Gérard téléphona au commissariat pour donner l'ordre de libérer les parents et le frère de Yasmina puis appela le sous préfet pour l'informer de l'évolution de la situation.

- Et si vous libériez également Abdallah ? suggéra le haut fonctionnaire. Ainsi les manifestants se disperseront n'ayant plus de raisons de protester.
- Je ne peux le faire sans l'autorisation de monsieur le procureur. Abdallah est poursuivi pour les violences d'hier.
- Je vais le contacter.
- Il est à mes côtés. Je vous le passe.

Il tendit le combiné au magistrat qui s'en empara d'un air renfrogné.

- Non, grinça Vaugas lorsque le sous préfet eut exposé sa demande. Il n'est pas question de remettre en liberté ce fauteur de troubles. Cela serait un signal désastreux a envoyer à tous ceux qui refusent l'ordre républicain.
- Je ne vous demande pas d'abandonner les poursuites contre Abdallah mais de mettre un terme à sa garde à vue.
- Je refuse de céder devant des émeutiers !

Le ton du sous préfet monta d'un cran.

- J'exige que vous libériez Abdallah.

- Je ne suis pas à vos ordres, monsieur. Seul le garde des sceaux, et encore, est mon supérieur.
- Ne m'obligez pas monsieur le procureur à faire appel à lui.
- Je ne céderai que devant des injonctions écrites de mon ministre de tutelle.
- Comme vous voulez, maugréa le haut fonctionnaire qui raccrocha sans saluer.

Vaugas rendit son téléphone à son propriétaire. Une intense colère ravageait ses traits.

- Il est facile de céder pour éviter un désordre mais en le faisant, on en prépare d'autres plus importants. Le sous préfet est myope ! C'est maintenant qu'il faut résister si on veut éviter d'avoir à dire plus tard «*ah si j'avais su !* ».

Gérard ne fit aucun commentaire.

Beaulieu apprit la nouvelle de l'arrestation de Martine Bonnefeu par la radio. Il se leva et sans hésiter commença ses bagages. Plus rien ne le retenait à Valenciennes puisqu'on ne le soupçonnait plus. Il nourrissait des vagues projets, faire un voyage, visiter les Etats unis. Il avait peur. Il sentait les regrets s'insinuer en lui. S'il n'avait pas paniqué, s'il avait attendu encore un peu…Mais il était trop tard : il avait brisé sa carrière politique. Mélancolique, il se demanda s'il ne se reprocherait pas, jusqu'à la fin de sa vie, sa mauvaise décision ou s'il parviendrait à l'oublier.

Madame Halek monta dans la chambre de son fils. Il était étendu sur son lit et lisait une BD.

- Ils ont trouvé la coupable des deux meurtres. Ils viennent de l'annoncer à la radio.

Elle était soulagée. Les policiers ne viendraient plus l'interroger et surveiller Thomas. Le jeune Halek ne leva pas le nez de son livre. Il se contenta de grogner comme si la nouvelle l'indifférait. L'idée de s'excuser pour l'avoir soupçonné d'être l'auteur des crimes traversa l'esprit de sa mère mais elle trouva aussitôt cette idée absurde. Elle regarda une dernière fois son fils et referma doucement la porte. Elle se dit en descendant l'escalier qu'elle n'arriverait jamais à lui pardonner.

Le commissaire rentra tard chez lui. Dans l'après-midi Vaugas avait dû sur ordre de Paris, faire libérer Abdallah On avait ramené l'islamiste jusqu'au lieu où policiers et manifestants continuaient à se faire face. Abdallah s'était dirigé vers ses partisans en levant les bras au ciel et les applaudissements avaient crépité. On avait hissé l'émir sur les épaules d'un manifestant à la carrure impressionnante et ils étaient partis triomphalement vers leur quartier. Vaugas avait raison : le retour à l'ordre ne serait que provisoire ; le feu continuerait à couver et il suffirait de peu de choses pour qu'il renaisse de ses cendres.

Comme Gérard s'y attendait, Hélène était couchée. Il poussa la porte de leur chambre, penaud, résigné à la confrontation qu'il avait esquivé le matin. Mais sa femme se retourna sur le côté lorsqu'il entra comme si elle n'avait rien à lui dire. Il s'assit sur le bord du lit et attendit qu'elle veule bien lui adresser la parole.

- Gérard, commença-t-elle au bout d'un long moment de silence.
- Oui ?
- Je ne te parlerais plus de quintuplés ! Plus jamais !

Il ferma les yeux. Il savait qu'elle tiendrait sa promesse mais elle continuerait à y penser, à se ronger. Etait-ce mieux ? Mais il préférait lâchement cette solution. Il lui prit sa main Elle se laissa faire tout en s'écartant de lui. Il aurait tant voulu trouver des mots pour la convaincre de l'absence de danger mais ces mots n'existaient pas et il maudit une nouvelle fois son impuissance.

FIN